되기

황수이

리리카 되기

황수이

"거짓된 나를 사랑하면
왜 안 돼요?"

른 되기가 버거운
예창작 졸업자의
늦은 작품집

소설 3편
에세이 5편
시 7편 수록

추천의 말

황수이와는 이제는 가지 않는 수원의 어느 카페, 필사 모임에서 만났다. 당시 황수이는 그 모임의 진행자였고 나는 이제 막 독서에 발을 들이는 회원이었다. 매주 평일 일곱 시 반에 모여 책을 읽고 마음에 드는 구절을 읽었다. 황수이가 읽어주는 구절은 리리카 자체일 때도 있었고, 리리카의 배경일 때도, 황수이일 때도 있었다. 나는 황수이를 닮고 싶어 황수이의 구절을 부지런히 좇아갔다.

황수이가 쓴 글을 읽고 있으면 질 좋은 코코넛쉬림프카레를 먹는 것 같다. 황수이와 많은 식사자리를 함께 했지만 코코넛쉬림프카레는 같이 먹은 적 없다. 그럼에도 황수이의 글을 보면 코코넛쉬림프카레가 생각난다. 이국적이고도 달콤하면서 고슬고슬한 밥과 함께 입을 크게 벌려야 먹을 수 있는 음식. 씹으면 씹을수록 고소한 코코넛 풍미가 입 안에 맴돌고 쫄깃한 새우살이 씹히는. 천천히 식어가는 음식을 꼭꼭 씹어 넘기고 싶다.

필사 모임 때나 가끔씩 볼 수 있던 리리카. 타올랐을 때보다 꺼진 이후가 진가인 리리카. 납작한 종이 뒤에서 연기와 함께 춤을 추며 날아오르는 코코넛쉬림프 마법 소녀.
드디어 리리카를 마주해 기쁘다.

▪ 조교, 『급식 드라이빙』 저자

황수이의 첫 책이 나왔다. 동네 책방의 독서 모임에서 종종 마주치던 그는 자신이 읽은 책을 소개하며 자연스레 관련된 자신의 일화를 얹고, 다른 사람의 이야기를 진중히 경청하며 부족하지도 과하지도 않은 감상을 더하던 사람이었다. 나는 그의 이야기를 좋아했지만, 그럴수록 읽어본 적 없는 그의 글이 자주 궁금했다. 그가 아주 가끔 털어놓던 어려운 마음과, 말을 마치고 작게 지어 보이던 웃음을 볼 때면 더 그랬다. 어떤 '사실'보다도 그가 자신의 이야기들을 어떤 시선과 자세로 대하고 있을지에 대해서.

『리리카 되기』의 소설과 시 속 화자들은 벗어나지 못한 소외 속에서 분투한다. 사회와 시절, 관계를 대하는 그들의 방

식은 때로 비겁하기도, 도중에 우스꽝스럽기도, 애매하고 쓸쓸하기도 하다. 현실처럼. 어찌 되었든 삶은 계속된다. 과거를 들여다보면서. 그리고 과거를 대하는 자세를 이리저리 바꿔가면서. 산문에서는 작가의 소소한 일상과 함께 자연스레 드러나는 명랑함과 솔직함이 인상적이다. 공감가는 아름다운 문장들이 많았다.

늘 궁금했지만 만나지 못하던 친구에게서 온 생각지 못한 편지를 읽는 기분으로 이 책을 읽었다. 도움을 달라는 말에 도움을 받았다. 감사드린다. 책을 덮고도 여러 대사와 이미지가 머릿속을 떠다닌다. 사그라드는 불씨와 완전히 닫은 창문, 빛바랜 글씨. 품어왔던 이야기들이 새 옷을 입고 세상에 나온 것을 축하드린다.

■ 연리, 『죽는 건 취미 사는 건 특기』, 『내일부터 거짓말』,
『적응의 동물이라는 말에 보태어질 작은 증명이 될 수 있을까』 저자

들어서며

코로나19가 기승을 부리던 때, 온라인 강의를 들으며 대학교에서의 마지막 학기를 마무리하고 있었습니다. 무엇을 하며 먹고 살아야 할지 고민이었습니다. 그러나 어디를 가도 비슷한 질문과 맞닥뜨렸습니다. "문학사 갖고 취업을 어떻게 해?"

저는 실체 없는 적을 이겨 보이고 싶었습니다. 세상의 시비에 지겨움을 넘어 오기가 끓어올랐습니다. 그런 마음으로 취업 시장에 뛰어들었습니다. 그러다 보니 모든 선택의 기준은 그 '실체 없는 적'에게 맞춰지게 되었습니다. 이렇게 하면 내가 이길 수 있을까? 이렇게 하면 더 멋있어 보일까? 국비 교육 듣고, 포트폴리오 만들고, 이력서 쓰고, 면접 보고, 탈락 많이 하고, 합격 조금 하고, 다시 탈락 많이 하고, 어쩌다보니 IT 스타트업에 다니고 있었고……

'이것 봐. 사문철[1] 도 할 수 있잖아!'

1 사학, 문학, 철학을 아우르는 말. 주로 취업이 어려운 3대 학과를 꼽을 때 쓰인다.

취업 시장이 나 같은 사람을 적어도 외면하지는 않고 있다는 사실에 기뻤습니다. 첫 사회생활. 휘청거리기는 해도 눈앞의 길만 꿋꿋이 걸어가면 문제 될 게 없어 보였습니다. 꿋꿋하기만 하면 다 괜찮을 거라고 믿었습니다. 그런데 문득 정신을 차리고 보니, 저는 튕겨 나와 있었습니다. '여기가 내 자리가 아니라고?' 어안이 벙벙했습니다. 하지만 인정해야만 다음 단계로 나아갈 수 있었습니다.

그 후 한동안 저에게는 "나는 대체 뭐가 문제지?"라는 말이 악귀처럼 매달려 있었습니다. 그렇지만 갓생[2] 인간으로 이미지 메이킹을 너무 치밀하게 해 둔 탓이었을까요. 남들은 물론 저 자신마저 깜빡 속아 넘어갔습니다. 힘들지 않은 줄 알았어요. 혼자서 넘어져 놓고 돌부리 탓을 하면 안 될 것 같았습니다. 그래서 말을 못 했습

2 신을 의미하는 'God'과 인생을 뜻하는 '생'의 합성어. 생산적이고 부지런한 일상을 보내며 타인의 모범이 되는 삶을 의미한다.

니다.

그런데 하루는 어깨가 너무 무거워서 엎어져 울다가, 이 실체 없는 망령이 지긋지긋해졌습니다. 퇴마사를 불러서라도 물리치고 싶었습니다. 끙끙 앓던 제 머릿속에 어떤 방법 하나가 떠올랐습니다. 말을 못 하겠으면 글을 써보자는 것이었습니다. 다시 쓰기 힘이 든다면 예전에 썼던 글을 다듬기라도 해보자고. 그렇게라도 소중한 시간을 다시 불러와 보자고. 그런 이유와 배경으로 이 책은 태어났습니다.

잠시 휴직기를 가지면서 이 책을 만들었습니다. 거품과 허울을 걷어낸 자리에는 무엇이 남는지 골똘히 생각하는 요즘입니다. 내가 나인 것만으로도 자격은 충분하다는 사실을 이제야 좀 알 것 같습니다. 그러자 1998년이 아니라 2020년쯤 태어난 사람처럼 세상이 새롭게 보이기 시작했습니다.

아직도 어떤 곳에 첫발을 디딜 때 "내가 여기 있을 자격이 되나?"라는 생각을 떨치기 어렵기는 합니다. 세상에는 멋진 사람, 멋진 물건, 멋진 취향, 멋진 경험이 끓어 넘치는데, 우리는 그것을 너무도 간편히 염탐할 수 있는 시대를 지나고 있기 때문이죠. 그렇지만 아침마다 이부자리를 정리하며 내 인생의 자격은 남이 아니라 내가 준다 다짐합니다. 그 다짐이 없었다면 이 책을 내놓는 일도 없었을 것입니다. 스스로 검증하는 버릇을 조금씩 내려놓기 시작하자, 앞으로 세상 두려운 것이 없어졌다는 건 과장이겠지만 적어도 새로운 도전 앞에서 불필요하게 쪼그라드는 일은 줄어들 것 같습니다.

누군들 그렇지 않겠느냐마는, 저 역시도 한때 '거짓된 나'를 사랑하며 착각 속에 헤엄치곤 했습니다.

글쓰기 덕분에 그 시절을 똑바로 마주 볼 수 있게 되었고, 다른 분들도 그리되기를 바라는 마음으로 그 시절에 대한 글을 묶어 보았습니다.

뒤틀린 성장담을 발칙한 15편의 원고에 담았습니다. 주로 대학교 재학 중 쓰였으므로 과제 마감일에 허덕이며 휘갈기기도 했지만, 책을 내기로 결심한 후 한 편 한 편 진심을 다해 깁고 다듬었습니다. 한 문장, 한 단어, 한 글자에 징그러울 만큼의 진심을 담아낸 것만은 확실합니다.

글을 썼던 시간으로 인해 저라는 사람의 알맹이와 조금은 친해질 수 있었습니다. 미워한 만큼 사랑했던 '거짓된 나'에게 '리리카'라는 번듯한 이름 하나쯤 붙여줄 수도 있게 되었고요.

그러므로 독자분들 역시, 이 책을 읽는 동안 자기 안의 리리카를 만날 수 있기를 바랍니다.

2024년 2월

황혜이 드림

리 리 카 되 기

B E I N G L I L I K A

リ リ カ に な る こ と

목차

2부 에세이

3부 시

망토 없는
리리카를,
리리카라고,
볼 수 있습니까?

「리리카 되기」 중에서

”

1부 소설

리리카
되기

오후 세 시.

양재시민의숲 굴다리 밑, 눈 덮인 갈대밭에서 미깡은 망토를 잃어버렸다. 미깡과 불공은 살얼음이 낀 도랑에 떠내려가는 미깡의 쉬폰 망토를 바라봤다.

그건 리리카의 망토이기도 했다.

'코스프레 종료 안내'라고 적힌 피켓을 치켜든 스태프가 미깡과 불공이 서 있는 갈대밭 어귀까지 걸어들어와 마감을 알렸다. 월드코믹페스티벌 행사의 11월 넷째 주 토요일

참가자들은 오후 네 시 정각까지 캐릭터 복장을 벗고 사람으로 돌아가야 했다. 일몰 후 코스프레는 금지였다. 스태프의 피켓 최하단에는 작은 글씨가 쓰여 있었다.

해가 떨어진 다음 참가자들에게 발생하는 모든 사건사고에 대해 주최 측은 책임지지 않습니다.

불과 두 달 전 행사에서 야간 촬영을 하던 코스어[1]와 사진사들 사이 불미스러운 사고가 있었기 때문일까. 스태프는 큰 목소리로 마감을 독촉했고 코스어들은 곧장 촬영을 마무리 짓기 시작했다.

미깡은 망토에서 시선을 거둬버리고 양팔을 위로 뻗었다. 망토가 아깝긴 했지만 어쩔 수 없었다. 종료 시간이 가

1 코스플레이어(コスプレイヤー, cosplayer)의 줄임말. 애니메이션 또는 만화 캐릭터의 의상을 꾸며 입고 촬영회, 행사 등에 참석하여 코스프레 놀이 문화를 즐기는 사람들을 일컫는다.

까워진 이상 한 장이라도 더 건져야 했다. 썰렁한 바람이 브라탑 안쪽으로 파고들었다. 포즈를 취하고 불공과 눈을 맞췄다. *셔터를 눌러. 누르라구. 지금이야. 바로 지금 찍으면 된다니까. 이만 찍고 가자고.*

그때, 불공이 카메라 전원을 껐다. 미깡은 갈대를 해치며 불공에게 다가갔다. 불공은 안그래도 자그마한 몸을 더 작게 웅크리며 목도리에 코와 입을 깊숙이 묻었다.

"이건 리리카가 아닙니다만."

역시 돌풍에 날아가 버린 망토 때문인가? 그래. 리리카에게 망토는 중요했다. 미깡 역시 망토를 잃어버려 속상했다. 그러나 미깡이 가린 부분보다 드러낸 부분이 훨씬 많은 리리카의 변신복을 입고 한파를 버틴 지도 네 시간째였다. 아쉬운 소리를 내야 할 건 불공이 아니라 자신이었다. 점심까지 거른 채 양재시민의숲 일대 행사장을 돌고 또 돌았다. 평소라면 아침밥으로는 무조건 김이 오르는 고봉밥 한 공기로 배를 채웠을 미깡이었음에도.

사진사인 불공의 지시에 따라 러블리하면서도 파워풀한 표정을 짓고, 허공에 대고 마법진을 그리고, 눈밭에 드러누워 치맛단을 펼쳐 놓았다. 미깡은 불공의 카메라 렌즈 앞에서서 '말랑말랑', '달콤달콤', '몽실몽실' 따위의 의태어를 몸짓으로 표현하고자 애쓰며 구시렁댔다.

미깡은 마법의 세계와 무관한, 일반인이었다. 주먹을 힘껏 쥔다고 온몸에 선홍색 화염을 두를 수 없었다. 오전 무렵 배탈이 났을 때에도 미깡은 시민 공원 화장실에서 줄을 서며 추위에 떨어야 했다. 기합을 외친다고 허공에 불씨가 지펴지는 일은 없었다. 시려오는 아랫배를 두 손으로 문지르며 수십 분을 기다렸다. "변신복 배꼽 부분을 불꽃 모양으로 잘라 놓다니." 만화를 볼 때는 예쁘다고만 생각했던 변신복 디자인이 야속하게 느껴졌다. "마법 소녀는 인권도 없나?" 불필요하리만치 맨살이 많이 드러나는 민소매 원피스 차림으로 한겨울 야외 행사를 버틸 수 있었던 것은 오직 리리카를 향한 사랑 하나 때문이었다.

“그래도 뭐라도 찍긴 찍어야죠.” 미깡은 한 발 더 다가가 불공의 팔뚝을 양손으로 붙잡고 흔들었다. 두꺼운 안경알 때문에 서리태콩 같은 불공의 두 눈은 더 새초롬해 보였다. 미깡의 말을 들은 불공은 운동화 앞코를 눈에 파묻었다.

“망토 없는 리리카를, 리리카라고, 볼 수 있습니까?”

*

「소녀마법헌장」은 국산 만화 잡지 『트윙클』에서 2006년 2월호부터 2007년 1월호까지 연재된 판타지 만화이다.

평범한 학생이었던 일곱 소녀가 한날한시 같은 꿈을 꾼 뒤 세상을 구할 초능력을 갖게 되었다는 스토리의 마법소녀물이었다. 미깡은 소위 ‘오타쿠’들이 모인 포털 사이트 카페에서 「소녀마법헌장」을 처음 접했다.

각양각색의 건강하고 탐스러운 웨이브 헤어 소녀들 사이, 파마기 하나 없는 암적색 쇼트커트를 한 '홍염의 리리카'는 비중도 역할도 외모도 그저 그런 비인기 캐릭터였다. 인기 많은 다른 소녀들의 활약을 뒷받침해 주는 보조 역할에 지나지 않았지만, 그럼에도 불구하고 미깡은 리리카를 가장 애정했다.

리리카는 불을 자유자재로 다룰 수 있는 소녀였다. 손바닥만 한 하트 브로치가 달린 망토를 휘날리며 공중제비를 돌고 악당을 불태웠다.

리리카가 앞으로 손을 뻗으며 '정화!'라고 외친다. 그때, 리리카의 말풍선에는 무조건 반짝이 패턴의 스크린톤이 쓰인다. 그러면 악당을 둘러싸고 있던 화염이 차츰 사그라든다. 망토의 하트 브로치가 지면 하나를 꽉 채워 그려진다. 그 위로 덧그린 주목 효과 때문에 브로치가 지닌 힘이 강조된다. 악당의 몸에 스며 있던 어두운 기운은 연기와 함께 피어올라 하늘로 날아간다. 마지막으로 어둠의 기운이 빠져

나간 사람들 앞에 서서, 리리카는 검지손가락 끝에 자그마한 불꽃을 피워올려 그들의 이마를 꾹 찍는다. 불꽃 도장은 리리카의 눈에만 보이는 재회의 징표였다. 악한 기운에 조종당하던 사람들은 리리카에게 고맙다는 말을 남기고 웃으며 퇴장한다.

리리카의 불꽃은 타오를 때보다 꺼뜨린 이후에 진가를 발휘했다. 미깡은 다른 어떤 소녀들의 마법보다도 리리카의 불꽃과 그 사그라듦에 열광했다.

하지만 어떤 온라인 커뮤니티에서도 미깡만큼이나 「소녀마법헌장」의 작품성을 깊이 이해하고 있는 사람을 만나기는 어려웠다. 「소녀마법헌장」의 작화 수준은 2000년대 중후반 쏟아져 나온 마법 소녀물에 비해 다소 뒤떨어지는 편이었다. 회차가 늘어날수록 인력 부족 탓이었는지 그림의 질은 점점 떨어져 갔다. 가장 큰 문제는 갈수록 소녀들의 생김새가 비슷비슷해졌다는 것이다. 팬들조차 그들의 이목

구비를 구분하기 어려워했다. 인기도 재미도 그저 그런 만화로 남아버린 「소녀마법헌장」의 애니메이션화는 추진되지 못했다. 더군다나 어린이였던 미깡이 그 만화를 접한 것은 연재가 중단된 지 오 년이 지난 후였다. 그러므로 미깡은 리리카가 움직이는 모습을 한 번도 본 적 없었다.

미깡은 불공의 트위터 계정의 첫 번째 팔로워였다.

미깡은 여느 오타쿠들처럼 학생 때부터 트위터 계정을 갖고 있었긴 하지만, 팔로워도 팔로잉도 내내 0명이었다. 아무도 읽지 않는 「소녀마법헌장」의 감상평을 트윗하는 게 전부였다. 그러던 어느 날 알고리즘을 타고 흘러들어온 불공의 트윗을 읽게 되었고, 미깡은 감격하지 않을 수 없었다. 불공은 매일 한 번씩 「소녀마법헌장」에 대한 분석글을 트윗해 오고 있었다. 불공의 팔로워와 팔로잉도 마찬가지로 0명이었다. 미깡은 불공이라는 트위터 친구가 생긴 뒤에야 지난 시대의 만화를 덕질하는 외로움을 해소할 수 있었다. 개인 메시지로 대화를 주고받으며 미깡은 불공 또한 미깡과 같은 포털 사이트 카페에서 활동한 적이 있다는 사실을 알게 됐다. 그곳에 업로드되어 있던 스캔 파일을 읽고 뒤늦게 「소녀마법헌장」에 빠지게 된, 미깡과 같은 종류의 오타쿠였다.

— 빌려볼 수 있을 것 같습니다.

— 아버지의 카메라요.

세 달 전, 「소녀마법헌장」을 부흥시키기 위한 수단으로 코스프레를 제안한 사람 또한 불공이었다.

미깡이 알림을 눌러보기도 전에 불공으로부터 개인 메시지가 두 통 더 도착했다.

— 한 달 전 출시된, 소니 사의,

— 에… 또… 그러니까, 고해상도 풀프레임 모델이랄까

요.

고가의 카메라로 리리카의 가장 멋진 모습을 포착해 트위터에 업로드한 다음, 화제를 불러일으켜 보자는 불공의 계획은 그럴싸했다. 활자로 소통할 때까지도 '에… 또…' 같은 추임새와 줄임표를 입력하는 오타쿠는 뭘 해도 제대로 해낼 것 같았다.

미깡은 스물두 살의 휴학생으로 내년이면 취업 준비에 돌입할 작정이었다. 휴학이 끝나면 만화책 시리즈를 사 모으고 극장판 애니메이션을 보러 가는 것조차 눈치가 보일지 몰랐다. 오타쿠로서 무언가를 시도해 보려면 올해 안에 해내야만 한다는 강한 확신이 들었다. 취업 준비생이 되고 나면 리리카와는 상관도 없는 도전과 시도, 그리고 실패를 숱하게 맛볼 것이 예상되었다.

그래서 미깡은 지난 9월과 10월에 걸쳐 물류 상하차 일일 알바에 다섯 번 나갔다. 고열사 가발 십만 원, 컬러 렌즈 오만 원, 인조 속눈썹 이만 오천 원, 통굽 부츠에 십이만 원이 들었다. 코스프레 의상 사이트에서 삼십팔만 원을 주고 문제의 망토를 포함한 변신복을 맞춤 제작했다. 모두 단 한 번으로 쓰임을 다할 물건이었다.

오전 열한 시.

불공은 약속대로 양재시민의숲역 5번 출구에서 미깡을 기다렸다. 온라인이 아닌 곳에서의 첫 만남이었다. 불공이 초등학교 6학년이라는 사실은 이미 알고 있었지만, 나이를 감안해도 불공의 몸집은 꽤 왜소한 편이었다. 건장한 체격인 미깡 앞에 서니 키 차이가 더더욱 도드라졌다. 트위터에서 하던 대로 존댓말을 해야 하는 건지 다짜고짜 반말을 걸어도 될지 망설이던 그때, 불공은 고개를 꾸벅 숙이는 것으로 인사를 마치고는 올백으로 넘겨 묶은 머리카락을 달랑거리며 길게 늘어선 입장 줄 쪽으로 앞서 갔다.

*

'망토 없는 리리카를 리리카라고 생각할 수 있냐고?' 미깡은 무심코 '망토 그깟 게 뭐라고'라고 큰소리를 낼 뻔했다. 내일은 취업 스터디 부원들과의 술 약속이 잡혀 있었다. 몸살에라도 걸린다면 핑계를 대야 할 텐데. 만화라고는 짱구와 심슨밖에 모르는 그들에게 마법 소녀 코스프레를 하느라 몸살에 걸렸다고 할 수는 없었다. 이제는 한시라도 빨리 마무리하고 집에 돌아가 쌀밥과 찌개로 배를 불린 다음 이불 속에 드러눕고 싶은 마음뿐이었다.

미깡은 통굽 부츠를 보도블록에 탁탁 부딪히며 깊은 한숨을 내쉬었다.

"언니 말 좀 들어요."

그러자 불공이 고개를 들어 올리더니, 뒤로 주춤거리며 몇 발짝 물러났다. 오히려 벙찐 것은 미깡이었다. 불공의 얼굴이 순식간에 하얗게 질려버렸기 때문이다. 무심코 목소리에 날이 섰는지도 몰랐지만, 그렇다고 이렇게까지 창백해질 일인가. 불공은 떨리는 손으로 자기 몸만 한 백팩을 고쳐 맸다. 뒤를 돌아서서 짐을 주섬주섬 챙기더니, 어깨 너머를 한 번 돌아보았다. 미깡이 붙잡을 새도 없이, 불공은 "이만. 갈라서기로."라는 웅얼거림을 마지막으로 굴다리 위쪽으로 달음박질쳤다.

미깡은 황급하게 뒤따라갔다. 계단을 반쯤 뛰어오르다 말고 미깡의 몸이 오른쪽으로 쓰러졌다. 발목에 아찔한 느낌이 들어 내려다보니 오른발의 구두 굽이 부러져 있었다. 그러는 사이 불공은 언덕 너머로 사라졌다. 몸집도 작은 게 뭐 저렇게 날쌔. 미깡은 비틀거리다가 계단참에 주저앉았다. 얼떨결에 붙잡은 스테인리스 난간은 손바닥이 따가울 만큼 차가웠다. 굴다리 아래로는 세찬 바람이 그칠 기미를 모르고 불어댔다. 미깡은 난리 통에 뒤집힌 치맛단을 잡아끌며 촬영 중간중간 입고 벗었던 경량 패딩을 찾았다. 파우치 하나에 담기는 경량 패딩 한 벌을 제외하고는 모든 물품을 짐 보관소에 맡겨뒀었다. 마법 소녀라면 잡동사니를 이고 지고 돌아다녀선 안 되었기 때문이다. 그러나 잠시 후, 미깡은 경량 패딩이 든 파우치도 불공의 가방에 맡겨뒀었다는 사실을 떠올렸다. 미치겠네. 미깡은 닭살이 돋아난 맨 팔뚝을 문질렀다. 미깡에게는 이제 쉬폰 망토마저 없었다.

오후 세 시 이십 분.

미깡은 절뚝이는 발로 '아마추어 만화인들의 축제, 월드코믹페스티벌'이라고 적힌 특대 현수막이 펄럭거리는 전시장 건물을 향해 걸었다. 코스프레 복장 위에 담요나 외투를 걸치고선 작별 인사를 나누는 사람들 사이를 빠른 걸음으로 지나갔다.

전시장은 행사장의 유일한 실내 공간으로, 참가자들이 동인지를 사고파는 부스 존, 행사 안내 센터, 화장실 등의 편의 시설이 자리하고 있었다. 미깡은 전시장 1층 편의점에서 컵라면을 샀다. 편의점 테이블은 클렌징 용품을 늘여 놓고 분장을 지우기 바쁜 사람들로 만석이었다. 미깡은 끓는 물이 담긴 라면 용기를 한 손에 든 채 서성이다가, 본드로 붙인 길쭉한 뿔을 이마에서 떼어내고 있는 코스어 옆자리에 간신히 몸을 구겨 넣었다. 라면 국물이 그 어떤 불꽃보다도 미깡의 허한 속을 뜨끈하게 달래주었다.

늦은 점심을 때우고도 속이 헛헛해 미깡은 다시 편의점으로 들어섰다. 매대를 둘러보던 중, 미깡의 대학교 선배로부터 어설프게 담배를 배운 이후, 미깡의 주머니를 떠난 적이 없었던 보헴 시가 미니와 라이터도 모두 짐 보관소에 있다는 걸 기억해 냈다. 주전부리보다는 담배가 고팠다. 계산대 앞으로 가 담배와 라이터를 부탁했는데, 아르바이트생은 물건을 꺼내줄 기미는 없고 대신 미깡을 빤히 바라보고만 있었다. 미깡의 행색을 위아래로 훑더니 신분증이 없냐고 물었다. 미깡은 급히 허벅지와 엉덩이를 더듬거렸지만, 리리카의 변신복에 주머니 같은 게 달려 있을 리 없었다. 그 사이 계산 줄은 늘어나고 있었다. 변신복으로 갈아입고 난 뒤부터 무엇 하나 뜻대로 되는 게 없었다. 미깡은 발바닥에 매달려 덜렁거리던 오른쪽 구두 굽을 발에서 떼어 버리고, 음식물이 군데군데 묻어 있는 쓰레기통에 던져 버렸다. 왼발과 오른발의 높이가 맞지 않아, 미깡은 좌우로 크게 휘청거리며 걸었다.

편의점 뒷문으로 나오자 흡연 구역이었다. 담배를 피우고 있는 사람은 대부분 코스어가 아닌 일반인이나 사진사들이었다. 의상이나 가발에 쩐내가 배어들면 중고 거래가 어렵다 보니 아무리 흡연자라고 할지라도 적어도 코스프레를 하는 동안만큼은 코스어들도 담배를 참고는 했다. 그러나 인기 캐릭터의 코스튬이나 중고로 사 가는 사람이 있는 법이었다. 오타쿠들 사이에서도 아는 사람이 아무도 없어 불공과 이 짓거리를 작당모의하게 만든 리리카의 코스프레를 하고 싶어 하는 사람이 미깡 말고 이 세상에 또 있을 리 없었다. 미깡은 거리낌 없이 흡연 구역으로 들어섰다.

미깡의 시야에 미니스커트 차림을 한 연노란색 갈래 머리의 코스어가 포착됐다. 수많은 미소녀들이 등장해 서로 배틀을 하는 남성향 모바일 게임의 주인공 캐릭터로, 최근 큰 인기를 끌고 있어 행사장에도 같은 캐릭터를 코스프레한 코스어들이 대여섯 명은 눈에 띄었다. 미깡은 갈래 머리 코스어의 어깨를 두드렸다. 그녀는 조심스럽게 담배 한 대를 구걸하는 미깡에게 '없어요'라고 간단히 대답해 버리더니, 담배를 비벼 끈 다음 일행들과 짐 보관소 방향으로 걸어갔다. 피차 헐벗은 캐릭터들끼리 그깟 담배 한 대가 어렵나. 미깡은 나무 벤치에 주저앉아 시큰거리는 발목을 주물렀다.

촬영 중간중간 미깡이 점검했던 결과, 카메라에서 자동으로 잡아주는 수평조차 어긋난 사진이 대다수였다. 미깡이라고 해서 스스로 훌륭한 코스어라고 자부하고 다닌 것은 아니었다. 미깡은 자신이 아마추어에 불과하다는 사실을 잘 알고 있었다. 하지만 불공은 자신의 어설픔을 용납할 수 없는 사람 같았다. 그래서 비슷비슷하게 별로인 결과물만 찍어내면서도 행사장의 그 어떤 사진사보다도 분주하게 셔터를 눌러댄 것일지도 몰랐다. 하지만 열심과 결과는 별개였다. 망토를 잃어버려 촬영을 망친 건 코스어의 잘못이긴 하지만, 카메라의 카 자도 모르면서 사진사를 자처해 미깡을 몇 시간 동안 생고생시킨 불공의 책임이 아예 없지는 않았다. 그렇게 생각하니 짜증이 다시 솟구쳤다. 온라인에서든 오프라인에서든 불공이라는 사람과 다시 얽히고 싶지 않을 만큼.

두 사람의 촬영에 관심을 두는 사람은 거의 없었다. 그럼에도 불구하고 불공은 앵글을 여러 차례 바꾸어 가며 셔터를 누르고 또 눌렀다. 눈밭에 운동화를 파묻으며, 앞코와 양말이 젖어가는 줄 모른 채. 미깡은 빨갛게 얼어 있던 그 애의 손끝을 떠올렸다.

애초부터 「소녀마법헌장」을 좋아하지 않았더라면 미깡은 별 볼 일 없는 트위터 계정을 십 년 넘게 유지하지 않았을 것이었다. 그렇다면 불공이 미깡이 서로의 팔로워가 되지도 않았을 것이고, 한겨울 양재시민의숲을 마법소녀 복장을 한 채 배회하고 있지도 않았을 것이다.

하지만 만약,

미깡이 그때 「소녀마법헌장」을 읽지 않았더라면.

*

미깡이 중학교 2학년이 되던 해, 놀토가 사라졌다. 모든 토요일이 노는 토요일이 되었기 때문이었다.

새 학기 첫날 확인한 시간표에는 정말로 토요일이 적혀

있지 않았다. 열여섯 살 미깡은 자신이 나이가 들어갈수록 어머니를 닮아가고 있다고 느꼈다. 주 5일 등교제보다 앞서 주 5일 근무제가 시행되어 어머니도 더 이상 토요일에 일을 나가지 않아도 되었기 때문이었다.

미깡의 어머니는 다부진 체격의 미깡과는 달리 깡마른 편이었는데, 아랫배만큼은 유독 도드라진 사람이었다. 어머니는 사시사철 배에 핫팩을 두 개씩 붙이고 다녔기 때문이다.

어머니는 하루에 아홉 시간 동안 서서 축 늘어진 배추에 양념을 묻히는 일을 했다. 어떤 날에는 짓무른 배추와 썩은 젓갈을 실어 나르기도 했다. 토요일에는 무조건 오후 한 시까지 잠을 잤다.

주 5일 근무제 때문에 토요일에 쉬게 되었을 때, 김치 공장에서는 생리 휴가를 폐지했다. 그렇다고 해서 미깡의 어머니가 김치 공장에서 십 년 근속하는 동안 월 1회 제공되는 생리 휴가를 사용해 본 적이 있던 것은 아니었다. 그렇지

만 어머니는 어쩐지 생리 휴가가 있었던 때보다도 생리통을 심하게 앓게 되었고, 그 뒤로도 오 년을 더 일하다가 다소 이른 나이에 완경을 맞았다.

언젠가 어린 미깡이 주방에 서서 반찬을 무치고 있던 어머니를 기웃거리며 생리통이라는 건 어떤 느낌인지 물어본 적이 있다. 어머니는 고무장갑 낀 팔뚝으로 흘러내린 머리카락을 올려 넘기며 실실거렸다. "누가 밑에 손을 넣고 아래로 잡아끄는 것만 같지." 그때의 미깡은 어머니의 말을 하나도 이해할 수 없었음에도 어머니가 웃으니 따라 웃기로 했다.

미깡은 주 5일 등교제도 주 5일 근무제도 마음에 들지 않았다. 토요일 등교를 없애면 학생들이 좋아할 거로 판단했다면, 그 사람은 아무것도 모르는 멍청이일 거라고 생각했다. 놀토는 사복 차림으로 학교에 가서 동아리 친구들과 하루 종일 노닥거릴 수 있는 유일한 날이었는데, 이제는 금요일 수업이 다 끝난 이후 주어지는 한 시간 안에 동아리 활동을 몰아서 진행해야만 했다.

중학교 1학년 마지막 학기, 주 5일 등교제 시행을 앞두고 수영부, 역사탐방부, 스윙댄스부처럼 시간을 많이 '잡아먹는' 동아리들이 가장 먼저 사라졌다. 제과제빵부에 모여 있던 미깡과 그녀의 친구들—선생님들 교실, 급식실, 화장실을 가리지 않고 까르륵거리며 몰려다니는 그들을 빵순이들이라고 부르며 귀엽게 여겼다—은 2학년 때도 제과제빵부에 계속 남아 있을 작정이었으나, 동아리가 사라진 이후에는 무작위로 다른 동아리로 옮겨졌다. 미깡이 배정된 곳은 영자신문부였는데, 미깡을 제외한 빵순이들은 2학년 때 모두 같은 반, 같은 동아리에 배정되었다. 미깡은 속이 상해 견딜 수가 없었다. 그들이 무리가 되고 미깡이 혼자가 된 것은 전부 우연의 일치였지만 미깡은 자신이 빵순이들부터 분리된 것에 누군가의 나쁜 의도가 있을지도 모른다는 의심을 떨칠 수 없었다.

중학교 2학년이 된 미깡은 모든 쉬는 시간마다 빵순이들이 모여 있는 8반으로 갔다. 그것이 미깡이 다할 수 있는 최선이었다.

미깡의 1반에서 친구들의 8반까지 가는 데 1분, 만나서 인사를 주고받는 데 1분, 선생님을 욕하는 데 3분 30초, 소문을 퍼 나르는 데 2분, 서로를 칭찬하는 데 3분 50초, 간식을 나눠 먹는 데 2분을 쓰고 쉬는 시간 10분이 다 흘러가기 전 부리나케 자기 교실로 돌아갔다. 친구들과 수다를 떨다 보면 언제나 시간이 모자랐고, 정신 차려 보니 미깡은 복도에서 언제나 뜀박질을 치고 있었다. 미깡의 교복 셔츠가 땀에 젖어 들었다가 다시 마르고, 이를 하루에 몇 번이고 반복하는 사이 새봄이 다 갔다.

빵순이들은 한 번도 1반에 찾아오지 않았다. *그쪽은 다섯, 나는 하나.* 혼자서 하교하는 길, 미깡은 친구들의 연락처를 삭제했다가 다시 저장하기를 반복했고, 그건 미깡이 중학교 2학년 내내 갖고 있던 습관이었다. 그쪽은 다섯, 나는 하나.

어느 날 등교 직전, 미깡은 어머니에게 영어 과목 방과 후 수업을 들어야겠다고 말했다. 2학년이 되어 첫 활동을 시작한 영자신문부에서 신문 기사를 강독할 때 더듬거리는 사람은 미깡과 K 둘뿐이었기 때문이다. 어머니는 토요일은 원래 학교 가는 날이 아니었냐고 물었고, 미깡은 놀토가 된 뒤에 토요일 방과 후 수업이 새로 생겼다고 대답했다. 어머니는 큰 소리로 웃으면서 방과 후도 아닌데 무슨 방과 후 수업이냐고 되물었다. 그러면서도 미깡이 내민 방과 후 수업 신청서를 한 번 훑어 보고는 바로 싸인을 해주었다.

K는 영자신문부에서 미깡의 옆자리에 앉는 애였다. 빵순이들과 만화 외에 다른 것에는 관심이 없던 미깡이었다. 하지만 그런 미깡도 K만큼은 알고 있었다.

학교에는 언제나 K에 관한 소문이 실바람처럼 떠돌았다.

금요일 6교시가 끝나고 동아리 활동 시간이 되면 K는 영자신문부 동아리실에 엎드려 잠만 잤다. 그도 미깡과 마찬가지로 운 나쁘게 영자신문부에 떨어진 듯했다. 동아리 담당 선생님의 지적이 심한 날이면 입을 동그랗게 벌려 하품을 하며 몸을 일으켰고, 미깡에게 자신의 활동지를 슬쩍 내밀곤 했다. K의 활동지에는 언제나 그의 이름 세 글자 외에는 아무것도 적혀 있지 않았다. 미깡은 전자사전을 뒤져 가며 K가 자신에게 내민 빈 공간들을 모조리 메꾸었다.

K의 눈두덩은 움푹 들어가 그늘이 짙었고, 하얗고 투명한 피부 곳곳에는 작은 점이 찍혀 있었다. 그것은 미깡이 좋아하는 만화 속 남자 캐릭터들의 특징이기도 했다.

5월 첫째 주 금요일에는 담당 선생님이 자리를 비웠다. 한 남자애가 공기계 핸드폰을 꺼냈다. 지루해서 돌아가시겠다는 과장된 외침에 영자 신문을 오려 붙이던 부원들이 하나둘 모여들었다.

당시에는 그런 연애 놀이가 유행이었다. 돌림판 앱을 이용해 자기 차례에 걸린 사람과 일주일 동안 사귀고 헤어지면 되는. 미깡은 유치한 애들 장난이라고 생각하면서도 슬그머니 몸을 일으키는 K를 따라 부원들 틈에 섰다.

옆자리에 앉을 때는 그 애와 어깨가 닿은 적이 없었는데. 몰려든 인파 때문에 공기계를 꺼내든 남자애 자리 앞에 서서는 K의 입술에 돋아난 살 껍질과 봉긋하게 부푼 눈꺼풀까지 다 들여다보일 만큼 가까이 붙어 서게 되었다. K의 트랙 자켓에서 배어 나오는 덜 마른 빨래 냄새는 어딘지 모르게 보송하고 산뜻하게 느껴졌다.

그때, 남자애가 K의 손을 갑자기 잡아끌었다. K는 덤덤하게 붙잡힌 손으로 핸드폰 화면을 눌러 돌림판을 돌렸다. 아무런 흥미도 관심도 없다는 얼굴로 돌림판 연애 놀이에 참여했다. 누구의 이름이 걸리게 될지 아무도 몰랐지만 모두가 결과를 궁금해했다.

당시 학교에는 K와 어떻게든 가까워지고 싶어 하는 애들이 성별을 불문하고 수두룩했다. K는 노스페이스 컬러 패딩을 입지도, 아무하고 연애를 하지도 않았지만 언제나 소문의 중심에 있었다. 좋은 소문도 나쁜 소문도 모두 K의 것이었다.

그러다 보니 놀이에 함께한 그 누구도 K가 누른 돌림판에 이제는 빵순이들도 뭣도 아닌, 단지 K 옆자리에 앉아 영어를 더듬거리는 오타쿠일 뿐인 미깡이 걸려들 거라고는 예상하지 못했을 테다.

그날부터 K는 미깡을 낑깡이라고 부르기 시작했다.

K가 미깡을 처음 낑깡으로 불렀을 때, 미깡은 더 이상 쉬는 시간마다 빵순이들을 찾아가지 않게 되었다. 그 무렵 처음으로 개설했던 트위터 계정의 아이디도 귤을 뜻하는

일본어 미깡みかん이 되었다.

미깡과 K의 거짓 연애는 게임의 규칙대로 일주일 만에 끝나지는 않았다.

미깡은 룰렛에 자신의 이름이 걸렸던 이후 처음으로 밝아온 월요일 아침, K의 반에 찾아갔다. K는 1교시 쉬는 시간부터 엎드려 잠을 자고 있었다. 다음 쉬는 시간에도 K는 그 자세 그 자세 그대로 낮잠에 취해 있었다. 미깡은 영자신문부에서처럼 그 애의 어깨를 두드려 잠을 깨우지 못했다. 동아리실에서와는 달리 K의 책상 주변에 그 애의 친구들이 몰려 있었기 때문이다. 깜찍하게 생긴 여자애들뿐이었다. 미깡보다 만만해 보이는 사람은 아무도 없었다. 빵순이들도 그 여자애들 옆에선 한낱 엑스트라에 지나지 않을 것이었다.

그 주 목요일 저녁, 미깡은 K에게 메시지를 보냈다. 미깡이 또래 남자에게 보낸 최초의 문자 메시지였다.

— 너를 더 보고 싶어.

이틀 뒤, 미깡은 K에게 토요일 영어 방과 후 수업이 끝나는 시간에 자신을 데리러 오라고 했다. 수업이 끝난 후, 미깡은 잠겨 있지 않은 영자신문부 동아리실에 앉아 K를 기다렸다. 삼십 분쯤 기다리자 K가 뒷문을 열고 들어왔다. *정말 나를 보러 오다니.* 미깡의 낯빛이 귤의 과육처럼 노래졌다.

"아는 동생이랑 근처 지나다가 들렀어."

K의 말에 두리번대던 미깡은 커튼을 걷어 창문 밖을 내다봤다. 교문 앞, 낯선 교복을 입은 여학생이 우윳빛으로 도색된 오토바이에 골반을 걸치고 서 있었다. 미깡은 고개를 살짝 기울인 채 유리창 너머의 여학생을 물끄러미 응시했다. 입술이 저절로 벌어져 뜻하지 않은 말을 내뱉었다.

"있잖아."

미깡은 고개를 돌려 K를 바라봤다.

"나도 알고 보면 많은 것을 할 수 있을지도 몰라."

미깡은 아랫배 어딘가에서 난쟁이들이 곡괭이질을 하는 듯한 근질거림에 입술을 깨물면서도, 광대뼈 아래쪽에 무섭게 열이 몰리는 기분이 마냥 싫지는 않았다. K는 입을 반쯤 벌리고 눈을 한 번 내리깔았다가 다시 미깡을 바라봤다. 그러더니 미깡이 걷었던 커튼을 닫아버리곤, 입고 있던 트랙 재킷의 지퍼를 내리기 시작했다. 길고 긴 여정 끝에 공주의 침실에 다다른 왕자가 백마에서 내려와 무장을 해제하며 다가서는 듯한 몸짓으로. 모든 것이 그렇게 한 편의 순정만화처럼.

그날 이후, 어머니가 공장에 나가 있는 동안 미깡은 K를 종종 집에 초대했다. 어머니는 거실에 이부자리를 그대로 펼쳐둔 채 출근하고는 했다. 미깡은 강아지가 그려진 주홍색 극세사 이불을 좋아했고, 그래서 미깡은 언제나 침구류를 개키고 먼지를 터는 것으로 하루를 시작했다. 그것은 미깡이 기억 못 할 만큼 어렸을 때부터 어머니와 함께 덮었던 이불이었다. 그 위에 누워 K를 올려다볼 때면 등 뒤로 망토가 휼날리는 듯한 착각이 들었다. 미깡은 기분 좋았다. 일이 끝난 뒤, 미깡과 K가 뒤를 돌아 각자의 몸을 추스를 때 그 애가 고개를 약간 숙이고 중얼거리는 것을 미깡은 들었다.

"찡깡에게만큼은 이러고 싶지 않았어."

미깡은 그해 여름 다른 도시로 이사를 갔다. 어머니가 김치 공장 사람의 소개를 받아 도시 외곽의 대형 마트로 일터를 옮겼기 때문이었다. 그곳에서는 주말 근무를 해야 했지만 휴일만큼은 잘 지켜졌다.

전학 가는 날, 미깡은 빵순이들을 찾아가 한 명 한 명에게 작별 인사를 적은 카드를 건넸다. 너는 이래서 좋은 친구였고, 이런 추억을 쌓아 즐거웠고, 앞으로도 행복하길 바란다는. 빵순이들은 마치 합을 맞추기라도 한 듯 하나같이 찡깡을 껍질째 씹어 삼킨 것처럼 미간을 찌그러뜨리며 카드를 받았다. 빵순이들 중에서도 미깡과 한때 가장 가까운 사이였던 J는 한 마디 얹기도 했다.

"K랑 헤어지게 됐네. 안타까워서 어떡해."

그렇지 않아도 K가 문자를 씹은 지 벌써 한 달은 더 됐다며 맞받아칠까도 싶었지만, J의 새카만 두 눈을 바라보는 순간 미깡은 온몸에 힘이 쭉 빠져 아무것도 아무 말도 할 수 없었다. 단지 그들로부터 서서히 멀어지는 것밖에는.

미깡이 전학 간 중학교에서는 3학년 학생들을 대상으로 심리 상담 프로그램을 진행하고 있었다. 미깡은 한 달에 한 번 개인 상담이 있을 때마다 특별한 어려움 없이 이전 학교에서의 일을 늘어놓았다. 오히려 상담 선생님 앞에서 어른인 체를 할 수 있어서 뿌듯하기까지 했다. 그때까지만 해도 K는 미깡에게 있어 나쁜 사람이 아니었다. 하지만 상담을 거듭하면 거듭할수록, 선생님이 미깡의 이야기에 귀를 기울일수록, 선생님의 상담 노트에 적히는 내용이 많아질수록 K라는 사람이 미깡의 속에서 정리되어 갔다.

시간이 흐르며 미깡은 K를 미워할 수 있게 되었지만.

그럼에도 달라지는 건 아무것도 없어 보였다. 미깡은 상담 선생님 앞에서는 운 적이 없었다. 대신 상담이 끝난 날마다 학교에서 돌아와 어머니가 출근 전 만들어 놓고 간 저녁밥을 먹는 둥 마는 둥 깨작거렸고, 식탁을 치운 뒤에는 펑펑 울며 극세사 이불을 걷어찼다. 중학생 미깡은 모든 게 억울했지만 아무도 미깡에게 저지른 잘못이 없는 것 같았고 그게 그 시절의 그녀를 더 억울하게 만들었다.

그 후로도 미깡은 토요일 방과 후 수업이 끝난 뒤, 영자신문부 동아리방에서 일어났던 일을 오랫동안 돌이켰다. 미깡은 자기 자신에게 거듭 질문을 던졌다. *미깡, 어째서 그날은 토요일이어야만 했을까?* 대답은 매년 달라졌고 미깡은 스무 살, 스물한 살을 거쳐 스물두 살이 되었다.

미깡이 찡깡이라는 과일을 처음 직접 본 것은 대학교 전공 답사로 제주도에 갔을 때였다. 식당 아주머니가 간식거리로 건네준 것이었다. *이렇게 조그맣고 못생겨 빠진 과일도 다 있군.* 거무스름한 몽돌이 빽빽한 해변에 서서 K가 자신에게 그런 애칭을 붙였던 건 역시 여드름 흉터가 남은 피부 때문이었을 거라는 걸 뒤늦게나마 깨닫게 되었다. 미깡은 손에 찡깡을 쥔 채 파도 소리를 들었다. 친구들이 그를 찾는 외침이 들려올 때까지.

*

맨살이 드러난 미깡의 등에 누군가의 손가락이 닿았다 떨어졌다. 미깡이 화들짝 놀라 뒤돌자, 공의 또래쯤으로 보이는 여자아이 두 명이 부루퉁한 표정을 하고 서 있었다. 미깡은 그 애들에게 미소를 지어 보였다. 사진을 찍자고 하는 건가? 사진 촬영 전 코스어에게 허락을 구하는 것은 행사에 모인 오타쿠들 사이의 룰이었다. 그 순간만큼은 미깡은 식후 담배 한 대가 간절한 미깡이 아니라 추위 따위는 아무렇지 않은 불꽃 소녀 리리카여야 했다.

"리리카도 담배를 피워요?" 캡모자 챙에 캐릭터 금배지를 단 아이가 흡연 구역 표지판을 가리켰다. 미깡은 반가운 마음이 앞선 나머지 '너희가 리리카를 알아?'라고 되물을 뻔했다. 「소녀마법헌장」을, 그것도 리리카라는 캐릭터를 알고 있는 사람을 만난 건 몇 년 만에 처음이었다. 게다가 불공 또래로 보이는 아이들이라서 더더욱 반가웠다.

그때 금배지 옆, 앞머리를 브릿지로 물들인 아이가 미깡에게 다가서며 목소리를 높였다.

"리리카는 정의롭고 상냥하지 않나요?"

반가움도 잠시, 두 사람의 질문이 미깡에게 날아오기 시작했다.

"팔뚝에 왕 점이 나 있네요?" 금배지가 경악했다. "가발 밑에는 시커먼 머리카락까지." 브릿지가 투덜댔다. 미깡이 리리카가 아닌 이유를 설명하고자 애쓰느라 두 애의 얼굴이 점점 달아올랐다. 아무래도 그럴 수밖에. 난 가짜인걸. 하지만 그 애들은 코스어들이 만화 밖으로 걸어나온 캐릭터 그 자체가 되어야 한다고 믿는 듯했다. 간혹 코스어들에게 캐릭터와 전혀 다르다고 훈수를 놓는 사람들이 있다고는 들었지만 면전에서, 그것도 한참 어린 아이들이 자신을 몰아붙이는 경험은 미깡에게 잔잔한 모멸감을 불러일으켰다.

"무엇보다 리리카는 배꼽 주변에 그런 거 없어요!" 금배지는 거의 오열하며 리리카의 복부를 가리켰다. "곱슬거리는 털이요!" 미깡은 그들이 보통 오타쿠가 아니라는 사실을 절감했다. 그쯤 되면 곤란을 당하는 쪽은 미깡이 아니라 그 애들인 싶었다.

금배지와 브릿지는 할 말을 다 마치고는, 서로 눈을 맞춘 뒤 '도망가자'라는 구호와 함께 주차장 너머로 달음박질쳤다. 미깡은 그 애들의 뒷모습에서 변명할 시간을 단 일 초도 주지 않겠다는 의지를 엿봤다.

한때 미깡 역시도 남들이 모르는 만화에 대해 으스대기를 좋아하는 어린애였다. 그것은 미깡이 커뮤니티의 연재 중단 만화 게시판에서 「소녀마법헌장」을 발견할 수 있던 이유이기도 했다. *그래. 가라. 가.* 미깡은 허탈하게 웃었다.

그때, 미깡 바로 앞에서 셔터음이 들렸다.

낯선 손가락이 귓바퀴를 손끝으로 튕기기라도 한 듯, 그 소리가 미깡은 뜨뜻미지근하고 불쾌했다. 곧바로 고개를 돌렸지만 카메라를 든 사람을 찾을 수 없었다. 카메라 버튼을 누르는 소리에 새삼스러운 이물감이 들었다. 하루 종일 지겹게 들어온 소리였는데.

미깡은 치마 밑단이 신경 쓰이기 시작했다. 갑자기 온몸을 감추고 싶었다. 금배지와 브릿지의 지적을 당해 내고 있을 때보다 곱절은 당혹스러웠다. 중학교 3학년 막바지, 상담 선생님이 미깡의 두 손을 감싸 쥐며 말해주었던, K로 인해 미깡의 속안에 생겨났을 지도 모르는 '그것'. 앞으로 때때로 미깡 앞에 나타나 그녀를 곤란하고 숨가쁘게 할지도 모른다고 예고했던, 그리고 미깡이 성인이 된 무렵부터 정말로 찾아오기 시작하여 간헐적으로 일상을 뒤흔들고는 했던 '그것'이 찾아온 것이었다.

몸의 구석구석 땀이 배어 나오기 시작했다. 미깡의 시선이 이리저리 흔들렸다. 행사장을 떠나는 인파가 눈에 띄었지만, 여전히 셔터음이 난 곳을 찾을 수 없었다. 제 자리에서서 식은땀에 젖어가고 있는 미깡을 사람들은 잠시 힐긋거리고 지나쳤다. 설마 나겠어? 아냐. 나일 수도 있어. 미깡의 쇼트커트 가발 안쪽에서 머리카락이 젖어 엉켰다. 변신복의 겨드랑이 밑 부분이 얼룩지고 있었다. 그렇다고 해서 이 자리에서 모든 걸 벗어던질 수는 없었다. 미깡은 크게 부풀었다 꺼지기를 반복하는 가슴에 손바닥을 얹었다.

이럴 때면 주문을 외기로 했었다.

"정화, 정화, 정화."

입속말로 반복했다. 한밤중 도서관 칸막이석에서 과제를 할 때, 만원 버스에 끼어 집에 돌아갈 때, 잠자리에 누워 이불을 머리까지 덮었을 때. 어둡고 홀로된 순간, '그것'이 찾아올 때마다 되풀이해 온. 리리카의 주문이자 미깡의 주문이었다.

쿵쾅거리던 심장 박동이 차차 가라앉았다. 아직 이마와 뺨은 불그스름했고 관자놀이를 타고 땀방울이 흘렀지만 미깡은 한 발씩 걸어가 보기로 했다. 언제까지 이곳에 혼자 서 있을 수는 없었다.

미깡은 구둣발 아래로 늘어진 자신의 그림자를 바라보다가 허리를 앞으로 꺾었다. 변신복 치맛단이 허벅지 위로 기어 올라갔다. 미깡은 왼손으로 치마 끝을 움켜쥐었다. 미깡의 손등 위로 힘줄이 불거졌다. 남아 있던 왼발의 구두 굽도 분질렀다. 뚝. 묵직한 파열음이 났다. 미깡의 두 발꿈치가 땅바닥에 닿았다.

오후 세 시 오십 분.

미깡은 전시장으로 되돌아가 부스 존으로 걸어갔다. 부스 존에 들어서자 암녹색 우레탄 바닥으로 덮인 널찍한 공간에 늘어선 부스들이 한눈에 들어왔다. 천막을 내리고 테이블을 치우는 사람들을 보아하니 부스 존 또한 마무리되어 가는 분위기였다. 좋아하는 작품을 단지 바라보는 것에서 그치지 않고, 그 작품을 갖고 나 또한 무언가를 만들어보고 싶다는 그들의 열망이 부스를 하나둘 지날 때마다 선명히 전해졌다.

얼마 돌아다니지 않고도 불공을 찾을 수 있었다. 불공은 촬영 내내 역대 국산 마법소녀물 속 인물들이 시공간을 뛰어넘어 우정을 나눈다는 내용의 회지[2]를 부스 존에서 반드

2 애니메이션, 만화 등 특정 작품의 팬들이 좋아하는 작품을 바탕으로 펴낸 2차 창작 출판물

시 구매해야 한다고 별렀기 때문이다. 불공은 부스 존과 짐 보관소 사이, 바닥에 양반다리로 앉아 줄곧 사고 싶어 했던 그 앤솔로지에 코를 박고 있었다. 미깡은 그 애와 적당히 거리를 두고 오그려 앉았다. 인기척에 고개를 들었던 불공은 미깡을 힐긋거리다가 책을 덮었다.

"불공 님은 왜 불공입니까?"

미깡이 그 애의 경직된 말투를 슬며시 따라 하면서 말을 붙였다. 불공은 인상을 찌푸리더니, 한숨을 내쉬고는 배낭을 열어 미깡의 파우치를 끄집어냈다. 미깡은 불공에게서 건네받은 파우치에서 경량 패딩을 꺼내 걸쳤다. 드디어. 좀 살겠네. 따뜻한 기운이 등허리를 타고 번져나갔다.

"역시 플레임 서클 때문입니까?"

미깡이 다시 질문했다. 불공은 안경 너머 까만 눈으로 미깡을 바라보았다.

「소녀마법헌장」의 팬들은 리리카의 필살기 플레임 서클을 줄여 불공이라고 부르곤 했다. 플레임 서클은 일곱 소녀의 기운을 끌어모아 거대한 화염구를 빚어내는 리리의 유일한 필살기였다. 미깡은 플레임 서클을 날릴 때, 마치 스파이크를 날리는 배구 선수처럼 상하좌우로 뻗어나가던 리리카의 팔다리를 떠올렸다. 그런데 불공은 맞장구를 치는 대신 피식 웃었다.

"불운의 07년생이라 불공입니다만."

미깡은 자신에게도 불운의 98년생이라고 자칭하던 때가 있었음을 기억해냈다. 수능을 코앞에 두고서는 우리도 어른들처럼 촛불을 들고 광장으로 가느냐 그 시간에 모의고사를 하나라도 더 푸느냐로 친구들과 편을 갈라 싸우기도 했다. 왜 우리에게 가장 중요한 시기에 세상이 유독 이렇게 시끄러운가 싶었다.

그보다 일이 년 전에는 크루즈 투어가 예정돼 있던 수학여행이 갑작스럽게 취소되는 일도 있었다. 그때는 이쪽저쪽으로 편을 나눠 언성을 높이지는 않았지만, 교실에서 잡담도, 수다도 들려오지 않는 몇 개월이 이어졌다.

스스로 불운의 세대라고 부르는 것이 유행이었던 시기가 있었던 것도 같다. 하지만 '불운'은 그 모든 것을 담기엔 너무 옹색한 단어가 아닌가 싶었다. 어떤 사건은 단지 운이 나빠 벌어지는 일이 아니라는 것을, 미깡은 이미 알고 있었다.

"그런데 왜 사진사를 하겠다고 한 겁니까."

미깡은 자세를 고쳐 바닥에 아예 주저앉았다. 엉덩이가 시려왔지만 경량 패딩 지퍼를 잠그는 것으로 버텼다. 앞선 질문들과는 달리 불공의 오타쿠 친구, 미깡으로서 묻는 것이었다. 불공은 목에 걸고 있던 카메라를 꼭 쥐었다.

코스어들은 자신의 또 다른 모습을 사람들에게 보여주는 즐거움, 진실한 가짜만이 줄 수 있는 기쁨 때문에 행사장으로 모여들었다. 만화와 애니메이션을 좋아한다면 사진사보다는 코스어를 맡고 싶은 것이 어찌 보면 당연했다. 그러나 불공은 뭐 그런 것을 다 묻느냐는 얼굴로, "리리카 옆에는 항상 파이어링이 있단 말입니다."라며 말끝을 늘였다.

미깡은 웃음을 터뜨렸다. 그러고 보니 불공의 오밀조밀한 생김새가 리리카를 도와주는 종달새 요정 파이어링을 닮은 것 같기도 했다.

“그런데 미깡 씨는, 어떻게 코스프레를 할 용기를.”

불공은 미깡과 시선을 마주치지 않으면서 말을 더듬었다. 쉽게 대답할 수 있을 줄 알았지만 미깡은 그러지 못했다. 불공에게 어떤 말이라도 건네고 싶었지만 그럴 수 없었고, 그래서 미깡은 웃어넘기기를 택했다.

미깡이 고등학생일 때, 어머니의 김치 공장 동료였던 아주머니들은 이따금 이사한 집까지 놀러 와 어머니와 수다를 떨다 갔다. 어느 날엔가 아주머니들은 어머니에게 어떻게 공장에서 마트로 넘어갈 생각을 다 했느냐고 묻기도 했다. 김치 공장도 지금 살고 있는 곳도 지겹지만 새로운 곳에서 새로운 시작을 해볼 용기가 나지 않는다는 아주머니들의 하소연에, 어머니는 다 같이 나누어 먹을 사과의 껍질을 얇게 깎아내리며 대답했다. “그냥 새 옷을 입는 거다 생각했지."

미깡은 알 수 있었다. 오늘 이후 다시 코스프레를 하는 일은 없을 것이다. 다른 누군가가 되기 위하여 분투하는 삶은 이제 과거에 남겨두는 편이 옳았다. 한 시절을 버티게 한, 생동감 없는, 흑백 만화 속 그 소녀를.

"네 시 정각입니다!" 스태프가 부스 존을 돌아다니며 소리쳤다. 미깡이 자리를 털고 일어났다. 자신을 올려다보는 불공의 눈동자에서 미깡은 흔들림을 읽었다. 앞으로 그 애에게 행운만이 함께할 거라고 빌어줄 수는 없었다. 그래도, 그럼에도. 미깡은 자그마한 불공의 손을 붙잡아 그 애를 일으켰다. 불공과 마주 보고 서서, 그 애의 검지손가락을 잡아 끌어 자기 이마에 대어보았다. 구구절절한 조언 같은 것은 리리카가 이별하는 방식이 아니었다.

어떤 작은 불꽃 하나가 사그라들었다.

리리카와 헤어져야 할 시간이었다.

마리아의 인연

첫 번째 이야기

마리아는 자신이 전생과 똑같은 이름을 가지고 있다는 말을 들었다. 오늘 오전, 동네의 포장마차 점집에서였다.

"제가 전생에도 이 이름으로 살았었다고요?"

마리아가 되물었다. 점쟁이는 혀를 찼다.

"지금보니 이름뿐 아니라 얼굴도 같았어."

그리고 나서 점쟁이는 마리아의 인연을 점쳐 주었다.

마리아는 언제 어디에서나 예쁜 편은 아니었다.

두 번째 이야기

마리아의 이름을 지어준 사람은 권순희였다. 권순희가 마리아의 출생 신고를 할 때 그녀의 이름은 권마리아였으나 지금은 누군가 이름을 물으면 '마리아권'이라고 대답한다. 앞 글자가 맨 뒤로 옮겨진 것뿐이지만 마리아가 된 순간부터 인생이 180도 바뀌었음을 그녀는 느꼈다. 좋은 쪽으로 말이었다. 인생의 질은 크게 향상되었다.

마리아가 아는 한, 그녀의 가족 중 종교를 가진 사람은 아무도 없었다. 그러므로 마리아는 마리아의 이름을 지을 때, 그 이름에 어떤 의미와 무게가 뒤따르는지까지는 몰랐을 거라고 권순희의 마음을 짐작했다.

언젠가 권순희는 갓난아기 마리아를 정성 들여 씻겼던 날에 대해 말한 적이 있다. 그렇게 오랫동안 물에 손을 담그고 있던 적은 그날 이전으로도 이후로도 없다고 권순희는 웃으며 말했다. 그날의 목욕은 권순희가 이야기하는 마리아와의 유일한 추억이었다.

그때로부터 십구 년이 지났고, 요즘 들어 마리아는 그 시절에 대해 궁금한 것이 많아졌다. 목욕물의 온도는 적당했는지, 욕조는 충분히 깨끗했는지. 그러지 않았기를 바랐지만, 젖은 몸을 닦아줄 때 누군가의 칠순 잔치나 고속도로 개통식에서 받아온 타월을 썼던 건 아닐지.

그러나 그들 모녀에게는 언제나 시간이 부족했다. 무엇보다 마리아는 권순희와 이런 주제로 대화를 이어갈 준비가 되어 있지 않았다. 그래서 마리아는 포기했다.

권순희를 원망할 때마다, 마리아는 마리아라는 이름을

함께 원망했다.

"아름답게 살아." 권순희는 어제도 오늘도 내일도 온종일 그 말뿐이었다. 마리아가 변기에다 응가를 누는 게 무섭다며 울고불고할 때나, 볶음밥 속 양파가 먹기 싫다고 손가락으로 목젖을 찌를 때나, 학습지 선생님을 따라 하겠다고 벽지에 색연필로 동그라미를 수백 개 그려놨을 때나. 하루에 한 번 이상은 꼭 듣게 되는 말이었다. 마리아가 어린이에서 청소년으로 자라나는 내내 그랬다.

초등학교 3학년의 여름방학을 앞둔 어느 날, 마리아와 같은 반이었던 B가 할머니를 따라 난생처음 성당에 다녀왔다고 했다. 흰색 대리석에 조각된 성모 마리아님이 아름다웠다고 말했다. B가 성당의 스테인드글라스, 밀랍 초와 은촛대, 긴 나무 의자의 아름다움에 대해 종알대고 있을 때 마리아는 옆자리에 앉아 정수리 근처의 머리카락을 뽑고 있었다. 아름다운 마리아님. 은총을 내리소서어어어. B의 과장된 말투에 귀를 기울이고 있던 마리아는 가만히 고개를 끄덕거렸다. 그건 이름답게 살라는 것이 무엇인지 도무지 갈피를 잡을 수 없었던 마리아에게 좋은 지침이 되어 주었다. "이름답게 살아." 마리아는 모근이 달라붙어 있는 머리카락들을 책상 모서리에 가지런히 줄 맞추며 한 번 더 중얼댔다. "아름답게 살아."

그날은 강당에 모여 성교육 외부 초청 강연을 받는 날이기도 했다. 마스카라가 두껍게 발린 눈꺼풀을 깜빡거리는 성교육 선생님과 아이들은 우리의 성기를 '고추'와 '잠지' 대신 '음경'과 '질'이라는 올바른 이름으로 부르기로 약속했다. "꼭, 꼭, 약속해!" 약속할 때든 다짐할 때든 싸움할 때든 울부짖고 보는 것은 어린이들의 버릇을 마리아는 따라하지 않았다. 마리아는 급식 반찬에 숨겨져 있던 구운 양파를 씹었을 때보다도 더 심한 거북함을 느꼈지만 뭐가 이상

한 줄을 몰라 인상만 찌푸리고 있었다.

반으로 되돌아온 아이들은 종례 때까지도 서로의 사타구니를 가리키며 이름을 불러댔다. 특히 남자애들은 평소 관심 있던 여자애들의 그것을 대놓고 가리키면서 마음껏 웃어댔다. 마리아의 것을 가리키는 남자애는 아무도 없었다. 마리아의 얼굴을 한 번 힐긋대고서는 다른 여자애를 찾아 폴짝거리며 가버릴 뿐이었다.

마리아는 아이들을 헤치고 자리로 가서 앉은 다음, 아무 공책이나 펼쳐 그 위에 동그라미를 반복해 그리기 시작했다. 강당으로 이동했던 사이, 늦여름 햇빛에 방치되어 있던 색연필은 쉽게 물러져 마리아의 손바닥을 붉은색으로 더럽혔다. 마리아는 그럴수록 동그라미 그리기에 몰두했다.

그때부터 주변 사람들은 마리아를 본격적으로 피하기 시작했다. 마리아가 누구나 꺼릴 만한 음침하고 별난 행동을 보이자 그제야 마음 편히 그녀를 고립시킬 수 있게 되었다는 듯.

열 살, 마리아는 아름답게 살기를 인생의 목표로 삼았다.

세 번째 이야기

그렇게 마리아는 중학생이 되었다.

중학교에 배정된 날, 권순희는 마리아를 데리고 교복점 대신 속옷 가게에 갔다. 탈의실이 따로 없는 속옷 가게에서 손님 서너 명이 왔다 갔다 하는 가운데, 권순희는 가게 주인 옆에 붙어 서서 마리아의 가슴 사이즈를 꼼꼼하게 살폈다. 마리아는 차가운 줄자가 맨몸을 두르는 동안 들이마신 숨을 조금도 내쉬지 않았다. 중학생 마리아는 누구에게든 잘 보이고 싶었다. 특히 권순희에게.

네 번째 이야기

마리아는 그렇게 중학교를 졸업했다.

여덟 번째 이야기

마리아는 그런 식으로 고등학생이 되었다.

집에서 걸어서 십 분 거리에는 여자 고등학교가 두 곳 있었다. 그러나 마리아는 고등학교 배정 원서에 남녀공학 고등학교의 이름을 1지망으로 써냈다. 남녀공학 고등학교에 가기 위해선 버스를 두 번 갈아타고 옆 동네로 가야 했다. 그러나 마리아는 여자들만 있는 곳에 간다면 아무리 해도 아름답게 살 수 없을 것 같았다.

마리아는 최선을 다했지만 그럴수록 빗나갔다. 염색약도 파마약도 잘 먹지 않는 자신의 뻣뻣한 머리카락처럼 학교라는 공간이 마리아라는 존재를 자꾸만 뱉어내고 토해낸다는 것쯤은 진작 자각하고 있었지만 고등학교는 초등학교나 중학교에 비해 무엇이든 정도가 심했다. 나쁜 쪽으로 말이었다. 인생의 질은 크게 저하되었다.

학급이 성별에 따라 나뉘어 있던 중학교 때와 달리, 고등학교에서는 한 학급에 남녀가 섞여 있었다. 첫 등교를 한 날, 마리아는 교실에 앉아 있던 몇몇 남학생들과 초등학교 성교육 날 펄쩍거리며 뛰어다니던 남자애들을 겹쳐 봤다.

'나 생리한다'라고 반 한가운데에서 장난스럽게 외치곤 했던 중학교 때 여자애들은 이제 아무도 보이지 않았다. 고등학교에서의 여자애들은 화장실에 생리대를 가져갈 때 손아귀 안에 구겨서 가져갔고 마리아는 그것이 마음에 들지 않았다. 하지만 그들도 마리아를 마음에 들지 않아 하는 건 마찬가지였다. 남학생 여학생 가릴 것 없이 마리아를 꺼림칙하게 여겼다. 초등학교 때부터 풍겼던 마리아만의 묘한 기척, 그리고 그녀가 중학생이던 때 벌어졌던 그 '사건'으로 인한 소문까지 어우러져 주변 사람들은 늘 그녀를 불길한 징조처럼 대했다.

무엇보다도—아이들이 마리아를 부를 때 즐겨 썼던 표현에 따르면— 아무렇게나 달라붙어 있는 그녀의 이목구비가 그녀를 외톨이로 만드는 데 한몫을 했다. 마리아가 적극적으로 무언가를 해명하고 나선 적이 한 번도 없었으니 고등학교에 와서는 어느샌가 '쟤는 원래 저런 애'가 되어 있었다.

마리아는 한 달에 한 번씩은 꼭 수업 시간 직전에 손을 들고 보건실에 다녀오겠다고 말했다. 선생님이 이유를 묻자 '생리통이 심해서요'라고 담담하게 대답한 이후로는 '쟤는 원래 막가는 애'가 되어 있었다.

마리아는 치마 단추를 풀고 아랫배에 두 손을 올린 채 보건실 침대에 누워 있을 때마다 초등학교 성교육 선생님이 가르쳐주었던 '올바른 이름'이라는 게 대체 무엇일지에 대해 오래도록 생각했다.

생리통으로 척추부터 골반까지 지끈거리는 와중에도 마리아의 머릿속에는 걸핏하면 초등학교 3학년 동급생 B가 떠올랐다. 사실 B라는 사람보다 더 선명하게 기억나는 것은 매주 월요일마다 그가 전날 성당에서 배워왔다며 늘여놓던 어려운 단어들이었다. 면류관, 고행, 순례, 광배, 동정녀 같은. 마리아의 일상과는 한 치도 교차할 일이 없을 것처럼 보이는 고고한 단어들.

마리아는 마리아가 자신보다 앞서 존재했던 마리아, 전 세계 수많은 사람들이 찬미하고 또 찬미하는 그 '마리아'를 자신의 머릿속에서 지워내고 싶었다. 그 성스러운 여성을 의식하거나 신경 쓰고 싶지 않았다. 이름이 마리아가 아닌 사람들이 그러하듯이.

그러나 마리아는 언제나 최선을 다할수록 빗나갔다.

수능이 끝났음에도 한파는 맹위를 떨치던 고등학교 3학년 11월의 마지막 주 일요일, 마리아는 성형외과를 방문했다.

인터넷 커뮤니티에 떠도는 '보호자 필요 없는 성형외과 리스트'를 다운받아보니 마리아의 동네에만 세 곳의 성형외과가 거기에 올라가 있었다. 마리아는 동네와 가까운 병원 중 수험생 할인 혜택이 가장 큰 곳을 골랐다.

병원 대기실은 할인받기 위해 수험표를 들고 앉아 있는 여자애들로 붐볐다. 혼자 온 사람도, 친구와 온 사람도, 어머니와 온 사람도 있었다. 마리아는 수술비를 걱정하는 옆자리의 여자애들을 힐긋 보고는 코웃음을 쳤다.

마리아는 괜찮았다.

마리아의 앞으로 권순희가 남기고 간 통장이 있었고.

그리고, 또. 마리아에게는.

아홉 번째 이야기

"못 알아보겠다. 못 알아보겠어."

"날 알아봐서 뭐 할 건데?"

"출소하고 애먼 딸내미 찾아가서 '너 마리아니?' 하고 물으면 어떡해."

"그럼 그 사람한테 내 이름 주는 걸로 하자."

"너. 나를 그렇게 버릴 거야?"

"내가? 엄마를?"

마리아는 바닥을 내려다보며 소리 내어 웃었다.

마리아는 권순희의 가슴 위 새겨진 숫자들을 힐긋대다가, 저것도 이름이라고 부를 수 있을지 잠시 생각했다.

"오늘 오전에는 뭐 했어? 바깥 얘기 좀 들려줘."

"화장실 청소하고, 분식집에서 점심 먹고, 시내에서 장 보고."

"근데 넌 대학 같은 데는 안 가니?"

"수능 망쳤어."

"너 어릴 때 뭐 되고 싶어 했더라?"

"나 말 아직 안 끝났는데. 엄마."

"응?"

"오늘 오전에 뭐 했는지."

"그래. 계속하고 싶으면 계속해."

"장 보고 돌아가는 길에 점집에 들어갔어. 집 앞 대로변에 있는 주황색 텐트 기억 나?"

"그게 아직도 있다니."

"거기 점쟁이 아줌마가 이상한 소리를 해."

"그러니까 그런 델 왜 갔어."

"내가 전생이랑 똑같은 이름이랑 얼굴을 가졌대."

"말도 안 돼."

이번에는 권순희가 하하 큰 소리로 웃었다. 번뜩이는 두 눈은 정확히 마리아를 향하고 있었다.

"그렇지? 말도 안 되지."

"얼마 받디?"

"오천 원."

"저런. 붕어빵이나 사 먹지."

권순희는 핀잔을 던지고 난 뒤에도 한참 동안 잦아들지 않는 웃음을 풉풉거리고 이어갔다. 마리아를 이리저리 뜯어보는 눈빛과 함께.

유리 벽 너머 권순희에게 그 무엇도 들키지 않기를 바라며 마리아는 옷소매를 세게 말아쥐었다.

"그러더니 하는 말이 전생의 인연이 나를 찾아올 거래."

"그건 또 무슨 뜬구름 잡는 소리냐?"

"그 인연이 나를 알아서 찾아올 거래."

"그래서?"

"나를 사랑할 거래."

"무슨 수로?"

"내 이름과 얼굴이 사랑의 단서가 되어준다는 거지. 똑

같으니까. 이전 생이랑."

"야, 야. 꿈 깨."

권순희는 상체를 굽혀 유리 벽에 검지손가락 끝을 짓눌렀다.

"전생의 나부랭이가 널 어떻게 알아보겠어."

"왜?"

이미 미간 사이에는 주름이 잡히고 코끝은 붉어졌지만 마리아는 두 눈에 힘을 주었다. 자신이 지금 동요하고 있지 않음을 보이고자 했다. 하지만 권순희 앞에서는 그 무엇도 쉽지 않았다. 눈 깜빡이기, 재채기하기, 숨 들이마시고, 다시 내쉬기 같은 기본적인 것들이 특히 그랬다.

권순희는 혀를 차면서 마리아의 윤곽을 따라 유리 벽에 갖다 댄 검지손가락을 움직였다.

"눈알이 쏟아질 것 같이 커졌잖아. 콧대로는 빌딩을 세웠고. 너 병원에다간 얼마 줬어?"

마리아는 곧바로 대답하지 않았다.

“듣다 보니 그러네. 망한 것 같네.”

“내가 누누이 말했잖니. 이름답게나 살아.”

권순희는 더 이상 웃지 않았다. 대신 마리아가 그 웃음을 이어받아, 소리 죽여 웃었다.

“엄마가 나를 정성껏 씻기고 닦았다는 그날에 말야.”

권순희의 얼굴에서 웃음기가 사라졌다.

“그때는 몰랐지? 내가 이런 애일 줄?”

“시간 다 됐다. 너 가야 돼.”

“닦아도 닦아도 내 얼굴이 지워지지를 않아서.”

권순희는 마리아의 말이 끝나기 전에 몸을 돌렸다.

“그래서. 슬펐어?”

다섯 번째 이야기

권순희는 할인 마트 입구에 진열된 생필품을 그대로 들

고 집으로 가는 사람이었다. 누구도 그것이 도둑질이라는 의심을 조금도 품지 못하는 게 당연할 만큼 자연스러웠다. "왜 우리는 계산대로 가지 않아?" 마리아가 손가락을 빨면서 물어보면 권순희는 즉각 대답했다. "가난해서."

마리아는 그때부터 권순희를 잘 이해하지 못했다. 가난한 사람들은 잘 씻지도 먹지도 못한다고들 하는데 권순희와 마리아는 따뜻한 물이 나오는 집에서 빚쟁이에게도 폭력배에게도 쫓기지 않으며 오순도순 살림을 꾸리고 있었기 때문이다. 마리아는 권순희에게 손을 붙잡혀 빠른 걸음으로 마트에서 멀어지면서도 '왜?'로 시작되는 질문을 멈추지 않았다. 권순희는 갑자기 걸음을 멈추고는 마리아를 내려다보았다. 권순희로부터 드리워진 그림자가 마리아를 덮었다.

"난 남편이 없고, 넌 아빠가 없어. 우린 가난한 게 맞아."

그 뒤로도 권순희가 할인 마트에서 계산대를 거치는 일은 없었다.

마리아가 중학교에 입학한 후 몇 개월이 지났던 무렵, 저녁때가 되어 권순희와 마리아는 거실에서 TV를 보고 있었다. 그날따라 권순희는 TV 쪽으로 가까이 앉아 평소에는 관심도 두지 않던 다큐멘터리 방송에 집중하고 있었다. 마리아는 자신이 과거에 그려 놓은 색연필 동그라미가 빼곡한 벽지와 권순희의 뒷모습을 번갈아 쳐다봤다.

사회적 약자들의 생계형 범죄에 대한 시사 특집이었다. 아내의 수술비에 보태기 위해 ATM을 부수고 현금을 탈취한 실업자나 감옥에라도 머물고 싶어 생필품을 훔쳐 온 노숙인의 사연이 소개됐다. 권순희는 마리아가 저녁때가 다 되어 배고프다고 말해도 TV 소리 외에는 아무것도 들리지 않는 사람처럼 묵묵부답이었다.

배고픔 못 이겨 생계형 절도 수 차례, 90대 여성 검거

'스카프 도둑'으로 몇 차례 뉴스 헤드라인에 올랐던 사건이 다큐멘터리의 마지막을 장식했다. 당시 범인이었던 이행숙이 범행을 저지를 때 꽃무늬 스카프를 감아 얼굴을 가렸기 때문에 그런 사건명이 붙었다.

핏빛 스카프를 두른 채 마트와 마트를 오가며 배낭 속에 물건들을 닥치는 대로 쑤셔 넣던 때와는 다르게, 맨얼굴을 드러낸 채 경찰 앞에 선 이행숙은 주름 많고 기운 없는 노인 한 명에 지나지 않았다. 자료 영상 속 이행숙은 치아가 거의 남아 있지 않은 입을 오물거렸다.

"나의 이번 생에는 죄가 없소."

뒤따라 나온 자막에는 '이후 이행숙은 일 년 형을 받고 수감되어 있다가 출소를 일주일 앞두고 감옥에서 숨을 거뒀다'고 쓰여 있었다.

"이행숙이 남긴 말의 의미는 무엇이었을까요."

다큐멘터리의 내레이터는 담담한 어조로 클로징 멘트를

를 했다.

"전생의 업보가 자신의 현생을 불행하게 만들기라도 했다는 한탄이었을지요."

검은 화면과 자막만이 송출되고 있는 TV 앞을 떠날 줄 모르는 권순희의 얼빠진 모습이 마리아는 불쾌하고 찜찜했다.

이행숙의 곤란했던 생계와 외로웠던 마지막에 대해 생각해 보게 됩니다.

권순희는 그날 저녁을 차리지 않고, 곧바로 방에 들어가 누웠다. 마리아는 방 안을 들여다보지 않았다. 마리아는 그 뒤로 이어진 심야 뉴스를 보는 둥 마는 둥 하다가 거실 소파에서 잠들었다.

마리아는 그날부터 스스로 저녁밥을 해 먹기 시작했다.

며칠 뒤, 권순희는 백화점에서 꽃무늬 스카프 하나를 사 왔다.

오래된 이야기

권순희는 열여섯 살에 마리아를 낳았다.

권순희는 그녀가 다녔던 성당에서 가장 아름다운 여자였다.

일곱 번째 이야기

마리아가 태어난 날, 권순희는 어떤 순간을 소망했다.

언젠가는 도래하고 말, 세상 사람 모두가 자신을 축복하는 순간. 그 순간만을 애타게 소망했다.

축복이 아니라면 동정이라도 좋았다.

열여섯 살, 권순희는 어리다는 이유로 축복도 동정도 받지 못했던 자신의 삶을 연민했다. 8인실 병동 한구석에서 그 산부인과의 역사상 가장 어린 산모가 되어 자신의 품에 안긴 쪼글쪼글한 마리아의 얼굴을 내려다보던 권순희는 일 초 만에 백 살까지 늙어 버리고 싶어졌다. 동공에 희뿌연 막이 낀대도, 검버섯이 온몸을 뒤덮는대도, 뼈마디가 삐그덕댄대도 상관이 없었다. 어리고 싶지 않았다.

권순희에게 있어 마리아는 자신의 아름다움을 떼먹고 자라나는 아이였다. 마리아가 권순희가 마리아를 낳았던 때와 같은 나이, 열여섯이 되자 권순희는 이제 마리아를 자기 삶에서 분리하여도 괜찮지 않을까 하는 충동에 매일 휩싸였다. 권순희는 열여섯 살의 마리아의 미래를 축복해 줄 자신이 없었다.

그 해 겨울 저녁, 우연히 보게 된 다큐멘터리 속 이행숙의 이야기에 권순희는 빠져들었다. 권순희가 어릴 적부터 부모님을 따라 성당을 드나들며 오래도록 동경해 왔던 성모 마리아님을 단숨에 대체해 버리고만 새로운 우상이었다. 이행숙처럼 살기만 한다면야 남들로부터 동정을 사는 것쯤은 손쉬울 것이었다. 마리아를 잘라낼 수 있을 것 같았다. 십수 년 전 그녀와 함께였던 것들. 온화하던 부모님도, 엄숙하던 성당도, 자애로운 성모 마리아님도 권순희에게 있어 이제는 마치 전생처럼 아득했지만 이제는 행복해질 수 있을 것 같았다.

라면, 스팸, 참치 캔, 식용유, 바디워시, 키친타월, 제모기, 시리얼, 사탕과 초콜릿, 락스, 햇감자, 콘 아이스크림, 세발낙지, 명란젓, 가루 세제. 권순희는 훔치고 또 훔쳤다. 이전에는 도둑질할 때 어딘지 모르게 비참하고 외로웠다면, 이행숙의 다큐멘터리를 본 이후부터는 물건을 훔칠 때마다 활력을 느꼈다. 마리아가 밥을 먹든, 잠을 자든, 똥을 싸든 권순희는 걸핏하면 외출해 온 동네의 마트를 털고 다녔다. 마리아가 옆에 있을 때나 없을 때나 마찬가지였다.

그런데도 아무도 자신을 잡아가 주지 않았다.

“나의 이번 생에는 죄가 없소!”

범행 자백 당시, 권순희는 마트 선물 코너의 랩핑된 과일처럼 스카프로 머리통을 둘러싼 채 경찰서를 찾아왔다는 이야기를 마리아는 뒤늦게 전해 들었다.

사건 종결 후, 권순희가 가장 많은 물건을 훔쳤던 마트의 주인은 취재를 나온 기자 몇몇 사람에게 장사 시작하게 비키라고 손사래를 치며, 자신은 물건들이 없어진 줄도 몰랐다며 너털웃음을 지었다. 조사 결과, 권순희가 훔쳤던 물건의 총액수는 사십만 원 언저리로 집계됐다.

열 번째 이야기

교도소를 오가는 면회객 외에는 인적을 찾아보기 어려운 시 외곽의 버스 정류장. 권순희와의 면회를 끝마친 마리아는 이르게 저물어가는 해를 바라보며 목도리를 고쳐 맸다. 마리아는 권순희와 둘이 살던 집에 아직 살고 있었고 앞으로도 이사를 가는 일은 없을 터였지만 이제부터 어디로 가야 할지 갑자기 아무것도 알 수 없게 되었다. 정류장 전광판에는 마리아가 타야 하는 버스의 도착 정보가 30분째 '없음'으로 표시되고 있었다.

마리아는 핸드폰을 집어 들었다. 병원 홈페이지에 접속해 예약 화면을 확대했다. 마리아의 이름 옆에 '안면 윤곽'이라는 수술의 이름과 병원장의 이름이 적혀 있었다. 그 이름들이 핸드폰 액정을 꽉 채울 때까지 확대를 멈추지 않았다. 목적지가 있어 다행이라고 생각하며.

다섯 달에 걸쳐 세 번의 성형 수술을 받는 동안, 마리아는 매번 같은 병원에 갔었다. 병원장은 마리아를 처음으로 ‘마리아권’이라고 부른 사람이었다. 이름만 보고는 교포나 혼혈인 줄 알았다면서 과장된 콩글리시로 성과 이름의 순서를 바꿔 불렀다. 그런데 이제 보니 눈코입은 완전 토종이라면서 껄껄 웃으며 이런 수준 높은 조크는 환자들의 긴장을 풀어주는 자기만의 노하우라고 의기양양했는데, 마리아에게는 그의 느끼한 농담이 썩 기분 나쁘지 않게 다가왔다. 병원장이 간호사들에게 치근덕거리는 모습을 보아도, 수술마다 통장 속 돈이 뭉텅이째 빠져나가도. 마리아는 자신을 마리아권으로 불러준 병원장이 있는 그 병원을 찾았다.

오늘 오전 무렵 아무 생각 없이 들어갔던 점집에서 들은 그 터무니없는 말은 아직도 마리아의 머릿속을 지겹도록 맴돌고 있었다. 전생의 인연이 나를 찾아올 거라고? 마리아는 떨리는 손끝으로 카메라 앱을 켰다. 화면을 가득 메운 자기 얼굴을 마주 보았다.

아. 전생에 비해 너무 많이 변해 있었다.

권순희의 말대로.

여섯 번째 이야기

함께 먹을 저녁밥을 차리던 마리아는 문에 달린 종이 딸랑거리는 소리에 주방에서 튀어나왔다. 마리아도 모르게 그녀의 몸이 먼저 반응했다. 올 때가 오고야 말았다는 듯이.

현관 앞에 선 권순희는 한 손에 스카프를 움켜쥐고 있었다. 포장도 뜯지 않은 채 보관해 두고 있던, 이행숙의 다큐멘터리를 본 다음 날 백화점에서 사 왔던 꽃무늬 스카프였다. 그것 말고 권순희는 아무것도 들고 있지 않았다. 문고리를 붙든 손에는 핏기가 없었다.

손에 든 국자에서 빨간 국물이 뚝뚝 떨어지고 있는 것도 모른 채, 마리아는 몸을 떨며 권순희를 응시했다. 권순희가 마음을 알아차려 주기를 소망했다. 폐가 입구에 묶인 개처럼 홀로된 심정으로.

몇 주 앞으로 다가온 중학교 졸업식을, 몇 달 뒤 있을 고등학교 입학식을. 생에 남은 모든 졸업식과 입학식을 혼자만으로 어떻게 하면 좋을까. 이 모든 것을 다 어떻게 하면 되는 것일까. 혼자가 된다는 것이 대체 무엇이길래 당신은 이토록 간절하고, 나는 이토록 거부하나.

이 마음을 알아봐주기만 한다면. 목줄을 풀지 않아도 좋으니 우리가 함께일 수만 있다면. 그뿐이면 되었다.

마리아는 말했다.

"지금 나가면 이번 생에 우리는 끝이야."

그러자, 권순희는 스카프를 천천히 펼쳐 머리 위에 얹었다. 그 얄따랗고 부드러운 천으로 자신의 얼굴을 가려, 봄볕처럼 박혀 드는 마리아의 눈빛을 피했다.

타이니 리틀
리벤지

그녀에게 만들어 주었던 버터크림 케이크가 생각나는 밤이다.

지금은 자정 십 분 전. 전등갓이 흔들린다. 벽난로의 불씨가 곧 꺼질 듯하다. 물감이 갈라진 초상화가, 금잔화가 담긴 화분이, 페르시아산 양탄자가 풀썩댄다. 나의 풀어헤친 곱슬머리와 얇은 면 잠옷도 마찬가지이다. 밤바람이 실내로 들어올 수 있도록, 내가 창문을 열어 길을 내준 까닭으로 모든 것들이 흔들리고 있다. 창문 틈새로 들어온 바람은 불어닥쳤다가 잠잠해지기를 반복하면서 나의 방을 어지럽히고 있다.

장담하건대, 메리. 돌풍을 원하던 건 아니었다.

*

케이크를 굽는 것은 나의 하나 남은 취미였다. 일주일에 네 번 이상은 지하의 부엌으로 내려가 손을 씻고 앞치마를 둘렀다. 주재료는 노른자가 진하게 물든 유정란, 옆 동네 밀 농장에서 직접 제분한 박력분, 하녀가 월요일마다 사 오는 덩어리 버터. 이따금 내킬 때면 푸른 리본, 빙하 한 조각, 새끼 고양이의 울음을 빠뜨리기도 했다.

나는 내가 만든 케이크가 달콤하고 부드러운 걸 넘어 감칠맛까지도, 심지어는 매캐하고 짭짤한 풍미까지도 자아낼 수 있는 놀라운 케이크라는 것을 잘 알고 있었다. 큰 자부심을 느꼈지만, 그렇기에 케이크가 지닌 치명적인 단점도 이미 인지하고 있었다. 내가 만든 케이크는 항상 탁한 회색빛이라는 것이었다.

예열 시간이나 조리 도구 따위의 문제가 아니었다. 그을렸거나 설익었기 때문도 아니었다. 올바른 순서와 방법을 따라 재료를 하나씩 뒤섞고, 굽고, 식히고, 자르고, 바를 때마다 케이크는 차츰 거무죽죽해졌다. 무슨 짓을 해도 마찬가지였다. 길바닥에 쌓인 눈이 밟혀가며 무력하게 봄을 맞이하듯이.

그날은 메리의 첫 번째 생일이었다. 메리가 세상에 태어난 날 말이다. 나는 메리의 방에 직접 만든 케이크를 들고 나타났다. 메리가 누운 요람을 둘러싼 그녀의 가족들을 헤치며 그녀 앞에 다가섰다. 메리는 배냇저고리를 걸친 두 팔을 허우적대며 "회색이라면 질색이야!"라고 고함을 질렀다. 그러고는 케이크 위에 수북하게 꽂힌 색깔 초를 주먹으로 내리쳤다. 메리의 가족들은 작게 탄성하며 웅성거렸다.

반짝반짝 빛나는 메리, 그녀에 비해 나의 회색 케이크는 단조롭다 못해 따분하기까지 했다. 평범한 것도 죄라면 죄라서, 전날 선물 가게에 다녀와 알록달록한 초를 사 한가득 꽂아두었던 것뿐이었다. 다른 누구도 아닌 메리의 첫 번째 생일을 망칠 생각은 없었다. 나의 케이크는 그때도 지금도 맛이 훌륭하지만 어쨌거나 케이크는 메리의 혀끝에 닿기도 전에 형체를 잃고 버려졌고.

그날 벌어진 일은 단지 그게 다였다.

*

이만 창문을 닫기로 했다. 그러자 사물들도 움직임을 멈췄다. 어수선해진 방 안을 정리하려고 했지만, 소파에서 몸을 일으키기가 힘들다. 자리에 그대로 앉아 산발이 된 머리카락을 손질하며 커튼 너머 창밖을 기웃거렸다. 다행히 평소와 다름없다. 어두컴컴하고 인기척 없는 교외 농지의 시골길.

곧 잠에 들 시간이었다. 베개에 얼굴을 파묻었다.

그렇지만 머릿속에 그날의 장면이 다시 재생된다.

그날 나는 반죽의 모습으로 되돌아간 케이크를 주워 담으면서, 분노를 겨우 가라앉힌 한 살배기 메리가 중얼거리는 것을 엿들었다.

"나는 우리가 백 년 넘은 집에 살고 있다는 게 너무나 좋아."

머나먼 옛날, 이 땅에는 전쟁이 있었고, 메리의 선조들은 전쟁으로 돈을 벌었고, 넓은 땅을 샀고, 땅을 농장으로 만들었고, 농장으로 더 많은 돈을 벌었다. 메리는 태어난 그날부터 자기 핏줄과 역사를 꿰고 있었다. 그렇기에 메리는 나와는 다른 존재였다. 나는 아직도 내가 어디에서 와서 어디로 가야 할지 모른 채, 지하 골방에서 밀가루를 들이마시며 케이크를 구워대고 있는데. 메리, 당신은 어떻게.

나는 그날 이후로도 매년 그녀의 생일마다 지하로 내려가 케이크를 굽고 색깔 초를 켰다. 어느 날엔가는 케이크가 평소보다 훨씬 희고 곱게 만들어졌던 것만 같아, 원판을 들고 메리가 있는 꼭대기 층으로 뛰어 올라가기도 했다.

그러나 메리와 메리의 하인들은 모두 어디론가 떠나 버렸다. 나는 여태까지 줄곧 혼자 이 저택에 머물고 있다.

잠들 준비를 하려고 커튼을 걷어내리다가 창문 너머를 다시 유심히 바라봤다. 메리의 밭이 어둠에 묻혀 있다. 창밖, 할로겐 가로등 하다가 흙바닥을 비스듬히 비추고 있다.

집 앞으로 펼쳐진 이 동산을 농장이라고 불러야 할지 잿더미라고 불러야 할지 모르겠다. 어느 나라에는 화전火田이라는 농법이 있어 밭에 불을 붙여 잿더미로 만들면 따로 비료나 물을 주지 않고도 작물을 키워낼 수 있다는데.

모든 것이 불타던 그날,

너는 이 사실을 알고 있었을까?

*

내 방의 창문은 완전히 닫히는 일이 없다. 창틀 목재가 뒤틀려 있기 때문이다. 그래서 나는 언제나 내 방 창문을 열어두는 사람이 됐다.

메리는 나도, 나의 바보 같은 케이크도 사랑한 적이 없었지만 나도 이따금씩은 내 방에 달린 창문 하나를 단정하게 닫아두고도 싶었다.

다시 말해, 메리. 나라고 해서 색깔 초의 불씨와 돌풍. 동산에 번지는 들불. 모든 것을 잿더미로 만든 나의 실수, 혹은 복수. 그리고 회색 케이크를 원했던 건 아니었는데.

2부 에세이

일러두기

1. 각 에세이의 마지막 페이지에는 에필로그가 실려 있습니다.
2. 각 에세이가 배경으로 삼고 있는 시간대를 제목 하단에 년도와 계절로 표기했습니다.

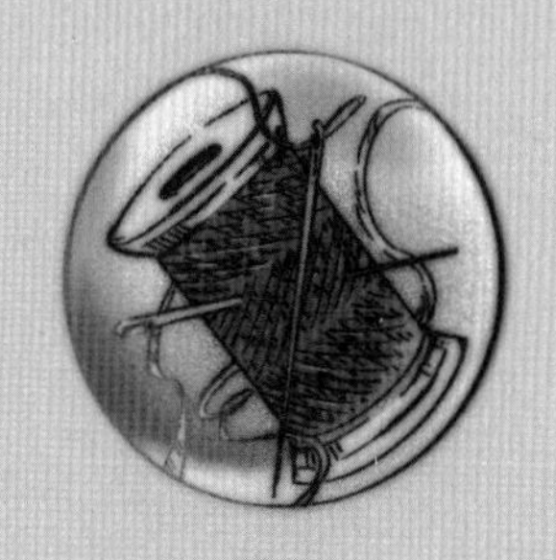

생일날 사건들

2022년 늦여름

어제, 9월 7일에는 나의 파트너 D와 서울 서교동의 진부 책방에서 열린 정용준 작가님의 북토크에 다녀왔다. D는 평택에서 영등포까지 장거리 출퇴근을 한다. 회사에서 정시 퇴근을 하는 일도 드물다. 그렇기에 아무리 내가 취업 준비 중이므로 남는 시간이 많다고 해도 우리가 평일 저녁에 D의 회사 근처도, 서로의 집 근처도 아닌 다른 곳에 함께 가는 일은 흔치 않다. 그래도 정용준 작가님은 D가 가장 좋아하는 소설가이고, 어제 우리는 각자의 피로를 무릅쓰고 북토크를 들었다. (퇴근 후 바로 북토크까지 듣게 된 D라면 몰라도, 하루 종일 집 근처만 맴돌던 나까지 피곤했던 이유는 뒤에서 말하고자 한다.)

사면이 책장으로 둘러싸인 밤의 책방에서 정용준 작가님의 신작 에세이 『소설 만세』 두고 진행자와 작가님이 주고받는 좋은 이야기들을 들었다. 나는 책을 다 읽고, D는 책을 읽지 않고 북토크에 왔는데 둘 다 침착하고 행복한 시간을 보냈던 것만큼은 같았다. 우리는 참석자들을 위해 창문 쪽을 향하도록 놓여 있던 카멜색 의자에 붙어 앉아 북토크를 경청했다. 끝으로 각자 책에 작가님의 사인도 받고, 작가님에게 짤막하게나마 하고 싶었던 말을 전했다. 늦은 시간까지 들뜬 채 24시간 샐러드 가게에서 콩 샐러드와 달걀샌드위치를 먹었다. 그러고 나서 각자의 집으로 갔다. 아직 우리는 따로 산다.

직장인도 아닌 내가 어제 D만큼이나 피곤함에 절어 있었던 건 북토크에 참가하기 아홉 시간 전 오전 필라테스에 다녀왔기 때문이었다.

내가 필라테스 레슨을 받는 시간은 월요일과 수요일 오후 여덟 시이다. 그런데 북토크 때문에 어제만 오전 열 시로 수업을 당겼다. 아파트 상가 지하의 작은 필라테스 스튜디오에 꾸준히 다닌 지도 일 년 반이 되어 간다. 그래서 레슨이라면 오전이든 오후든 웬만해선 익숙해졌는데도 어제 나의 상황은 많이 달랐다. 인생 첫 코로나에 걸려 지난주 내내 격리 생활을 했고, 컨디션이 완전히 회복되지 않은 상태에서 필라테스에 갔기 때문이었다.

무리하는 것은 나의 버릇이었다. 그리고 어제의 필라테스는 확실히 무리였다. 헌드레드, 스쿼트, 런지, 사이드 플랭크. 어떤 동작이든 십 초도 지속할 수 없었다. (정상적인 컨디션이었다면 십 초 정도는 무난하고, 그 뒤에 원장님이 시키는 고난도 동작까지 도전하고는 한다.) 오전에 주로 나오시는 익숙한 얼굴의 아주머니 몇몇 분들은 앓는 소리는 내지르실지 몰라도 동작을 어물쩍 넘기는 일은 결코 없어서 나 역시도 괜한 눈칫밥에 꿀을 빨래야 빨 수도 없었다. 한 동작 한 동작 원장님의 구호에 맞춰 해내는 수밖에. (퇴근 이후 시들시들한 몸을 이끌고 스튜디오에 도착하는 저녁반 직장인들은 초급 단계의 동작들도 서슴없이 포기하는 것을 자주 봐왔지만.)

결론적으로는 어제 오후 북토크에 참석하러 서울로 향하는 길, 수원역에서 출발한 신도림행 1호선에서부터 온몸에 근육통이 스멀스멀 올라오더니 책방에 D와 바투 앉아 작가님의 이야기를 들을 때에는—그 소중한 시간의 의미와 재미와는 별개로— 눈꺼풀이 차차 감겨왔고, 막차를 놓칠세라 허겁지겁 D와 1호선 지하철에 올랐을 때는 거의 혼절하기 직전이었다. 그렇지만 필라테스를 하루라도 빼먹으면 큰일이 날 것 같았다. 필라테스라도 가지 않으면 규칙적으로 나가는 장소가 아무 데도 없게 되는 건데, 그것은 나에게 큰 문제가 되었다.

오늘은 9월 8일. 오전 열 시에 눈이 떠졌다.

오전 필라테스, 저녁 북토크, 늦은 귀가, 코로나 후유증 4콤보로 어제 중 밑바닥을 드러낸 체력이 하룻밤 잠을 잔 것만으로는 회복되지 못했다. 그래도 오늘 하루는 어떻게든 힘을 내야 했다. 9월 8일은 내가 한 달 전부터 작정하고 기다려온 하루였다. 스토리지북앤필름 후암점에서 일일 책방지기를 하는 날이었다.

스토리지북앤필름은 국내 독립출판 작가들의 다양한 서적을 접할 수 있고, 책과 관련한 프로그램도 열리는 책방이다. 독립 책방으로는 드물게 서울 내 분점까지 세 곳을 낸, 책방을 다녀본 사람들이라면 이름을 한 번쯤은 들어보았음직한 책방이다.

일일 책방지기는 스토리지북앤필름의 후암점을 하루 동안 운영하는 프로그램이다. 책방은 5평 남짓으로 자그마한 데다 손님도 많지 않아 남는 시간에는 카운터 뒤편 책상에 앉아 각자 할 일을 할 만한 여유가 주어진다고 했다. 어쩌다 보니 이틀 연속 책방에 앉아 있게 되었다. 그것도 오늘은 아침부터 저녁까지.

나는 틈만 나면 주변 어른들로부터 선물 받은 동화책을 수십 권을 방바닥에 쌓아둔 채 그 옆에 주저앉아 꼭대기부터 맨 밑까지 몇 시간이고 읽어내렸던 어린이였다. 그때부터 지금까지 책을 읽고, 글을 쓰고, 책방에 다니고, 그로 인한 인연들을 만나며 살고 있다. 그런 나에게 혼자서 책방을 지키는 하루는 어릴 때부터 꿈꿔왔던 날이었다.

일어나자마자 컵누들과 완숙 토마토로 아침 식사를 하고 가방을 쌌다. 손님이 없는 시간에는 책을 읽을 생각이었다. 내가 챙긴 책은 소설책 『파도가 바다의 일이라면』이었다.

이틀 연속 수원역을 거쳐 서울로 향했다. 오늘은 1호선 지하철 대신 서울역행 무궁화호를 탔고, 서울역에 내린 뒤

후암동까지는 걸어 올라갔다.

책방에 도착하기 전, 점심을 먹기 위해 식당 골목으로 갔다. 점심을 먹으러 나온 직장인들 사이를 지나 후암동에 들르면 꼭 한 번 가보리라고 마음먹었던 식당, 후암김밥에 도착했다. 9월이지만 반팔이 아니었다면 진작 땀범벅이 되었을 만큼 볕이 강했다. 후암동에 들어선 뒤부터 어디를 가든 오르막길밖에 없었다는 것도 체온을 올리는 데 기여했다.

후암김밥은 여자 사장님 두 분이 운영 중인 작은 분식점이었다. 한 분은 김밥을 마는 곳에, 한 분은 주방에 서서 각자 맡은 일을 일사불란하게 해내고 있었다. 티슈를 뽑아 콧잔등을 눌러가며 땀을 닦으며 가게에 들어서 콩나물 라면을 시켰다. 저녁거리로 삼을 소불고기 김밥도 되도록 망설이지 않고 추가 주문했다. (어떤 이유로 인해, 분식집에서 라면이나 김밥 같은 음식을 주문하는 것은 나에게 있어 매우 간만의 일이었다.)

양쪽 벽에 붙은 다찌 테이블에 앉아 음식을 기다리는데,

손님이 끊이지 않고 계속 들어왔다. 그렇게까지 인기가 많을 줄은 모르고 찾은 식당이었는데. 내가 식사하는 동안 후암김밥에서 파는 일곱 가지의 김밥이 모두 동났다. 김밥 쪽의 사장님이 주문받으면 주방 쪽의 사장님은 결제하고 포장했다. 주방 쪽의 사장님이 출입문에 '김밥 품절'이라고 쓰인 보드를 걸어둔 것은 오후 두 시 무렵이었다. 품절을 알린 다음, 주방 쪽의 사장님은 내 앞에 콩나물라면과 포장된 소불고기김밥을 내어줬다. 조금 전까지 손님이 쉴 새 없이 몰려들었지만 두 사장님들은 결코 수선스럽지 않았다. 라면 냄비를 내려놓으며 나에게 "맛있겠죠?"라고 유쾌한 질문을 던지기까지 하셨으니. 찌그러진 냄비에서 여전히 부글거리고 있는, 굵은 고춧가루가 듬뿍 쳐진 콩나물 라면은 '맛있다'라는 표현만으로는 다 담아낼 수 없을 만큼 군침을 돌게 했다. 더운 줄도 모르고 면발과 국물을 삼키다가, 참지 못하고 포장된 김밥을 두 알 빼내어 라면과 같이 먹었다.

두 분의 사장님은 몇십 분 뒤 그날의 장사를 완전히 마무리했다. 자리에서 식사하던 직장인들이 어느새 하나둘 자리를 떠나 오후 두 시 경이었음에도 나는 오늘 후암김밥의 마지막 손님이 되었다. 주방 쪽의 사장님은 계산할 때 또 한 번 내게 말을 걸었다. "오늘 하루도 열심히 팔았다. 그쵸?" 나는 대답했다. "정말 수고 많으셨어요. 진짜 맛있었어요." 가게를 빠져나오며, 나도 최선을 다하고 난 다음 스스로 열심을 격려할 수 있는 어른이 되고 싶었다.

두 알이 빠진 소불고기김밥이 담긴 봉지를 손에 들고 약속된 시간보다 조금 일찍 책방에 도착했다. 도로 건너편에서 차가 지나가길 기다리며 불 꺼진 책방을 바라보고 서 있었다. 내가 가서 문을 열고 불을 밝혀야만 영업이 시작될 책방이었다. 지나다니는 사람도 없이, 날씨마저도 고요한 평일의 한낮.

책방을 열고 들어가 사장님이 적어준 안내문대로 운영

을 준비하기 시작했다. 생각보다 숙지할 것이 많아 허둥댔다. 일찍 도착하지 않았으면 당황할 뻔했다. 불 켜는 법, 물건 찾는 법, 계산하는 법, 화장실 가는 법 등을 적어 두셨는데, 안내문에는 '고양이 먹이 주기'라는 항목도 쓰여 있었다. 그러나 책방에 고양이는 없었다. 책방에는 정말 나뿐이었다.

첫 손님이 도착한 것은 세 시 반쯤이었다. 분명 문가에 귀를 기울이고 있다고 생각했는데, 손님이 기침 소리를 내기 전까지는 인기척을 전혀 눈치채지 못했다. 나는 카운터 뒤편에서 책방지기님의 노트북으로 인터넷을 뒤적거리고 있었다. 매대 쪽으로 나와 손님에게 인사를 했고, 나조차도 그 공간이 아직 편치 않으면서도 편안하게 둘러보라고 말씀드렸다. 손님은 감사하다고 말하며, 웃는 얼굴로 책을 구경하셨다. 그러더니 얼마 지나지 않아 "감사합니다. 다음에 다시 오겠습니다"라고 말하며 떠났다. 다음에 다시 오겠다는 말로도 작별할 수가 있다는 사실을 새삼 깨달았다.

세 시 사십오 분. 책방 문이 두 번째로 열렸다. 커플로 보이는 손님들이었다. 책을 둘러보며 작은 소리로 수다를 나누다가, 짧은 구경 후 책방을 나갔다.

그 뒤로 한동안 손님이 오지 않았다. 그래서 가져간 책을 읽었고, 생각보다 잘 읽히지는 않아 몇 번을 덮었고, 엄마가 집을 나가기 직전에 싸줬던 군고구마를 먹고, 오는 길에 편의점에서 샀던 옥수수수염차를 마셨다. 책방의 유리문에 붙어 서서 건너편의 풍경을 구경하기도 했다. 지나다니는 사람을 거의 볼 수 없었다. 그러다 블루투스 스피커로 내가 좋아하는 노래를 틀었다. 책방 안에는 나밖에 없었는데도 노래를 크게 따라 부르지는 않았다. 조용히 흥얼거리기만 했다.

시간이 지나니 그마저도 조금씩 지루해져서 다시 카운터 뒤쪽으로 들어가 책상 앞 벽에 붙어 있는 메모지들을 하나씩 읽었다. 앞서 일일 책방지기를 했던 사람들이 남기고 간 메모들이 붙어 있었다. 누가 시킨 것도 아닐 텐데 다들 수신인을 자기 다음 차례에 책방지기가 될 사람으로 정하고 글을 남겼다. 손바닥보다 작은 메모지에 단지 글씨뿐만 아니라 그것을 쓴 사람들의 체온까지도 함께 새겨져 있는 듯했다.

여섯 시가 되어서야 책방 문이 세 번째로 열렸다. 이번에도 커플로 보이는 손님이었는데, 두 번째 손님들보다도 짧게 책을 구경하고는 나가 버렸다.

그리고 책방의 마감 시간이 가까워지고 있던 무렵, 뜻밖의 손님 세 명이 책방에 들어섰다. 대학교 소설 수업에서 만나 친해진 O, 그리고 O가 데리고 온 두 명의 친구였다. 두 친구 중 한 명은 나도 이미 알고 있는 분이었으나, 나머지 한 명은 처음 보는 분이었다. 책방 문을 열면서 인스타그램에 스토리지북앤필름 후암점에 머물고 있다고 알리자, O가

자신이 지금 해방촌에 살고 있다고 디엠을 보내왔기는 했었다. 그렇지만 약속이 있어서 들르기는 어려울 것 같다고 했는데, 그런 O가 아예 자신과 약속을 한 친구를 데리고 책방에 찾아온 것이었다.

우리는 짧게나마 근황을 주고받았다. 순천에서 왔다던, 나는 모르는 O의 친구까지 다 함께 책방을 구경했다. 그러다 예약을 걸어두고 온 식당에 가봐야 한다며 짧았던 머묾을 정리했다. 오늘 책방의 마지막 손님이 될 그들을 배웅하려 문밖으로 나서는데, 출입문 바로 옆 벤치 밑에서 고양이를 발견했다. 아, 사장님이 남긴 안내문에 적혀 있던 '고양이 먹이 주기'가 이걸 의미하는 거였구나. 그때야 나는 카운터 뒤편에 놓여 있던 포댓자루에서 고양이 사료를 한 그릇 퍼담아 벤치 아래에 놓아두었다. 그러면서 O에게 고양이에게 먹이를 주는 것까지도 일일 책방지기의 할 일이었다고 말하며 인사를 나눴다. O와 친구들을 배웅하고 나서는 고양이가 사료를 먹는 모습을 몇 발짝 떨어져서 지켜봤다.

내가 필사할 때 쓰려고 직접 구매한 노트 외에 판매한 물건이 하나도 없는 하루이기는 했다. 열심히 익힌 카드 리더기 사용법도 써먹지 못했다. 사장님을 생각하면 조금 머쓱한 일이긴 했지만, 나는 혼자일 수 있어 기뻤다.

손안에 가둬놓고 반짝임을 지켜볼 수 있는 빛무리 같은 하루였고, 그런 식으로 조각조각 주어지는 평온이 나를 계속 살아가게 만든다.

에필로그

1 스토리지북앤필름 후암점은 2023년 6월 18일을 마지막으로 영업을 종료했다.

2 책방에서 샀던 노트는 필사 노트 대신 이후 입사한 회사에서 업무 일지로 쓰였다.

3 1년 뒤인 2023년 생일에는 엄마와 경기도 화성시의 외진 호텔에서 묵으며 맛있는 음식을 먹고, 산책길을 걷고, 부드러운 이불을 덮고 잤다.

다꾸 염탐

2022년 초가을

오랜만에 아이패드로 필기 앱 굿노트를 실행했다가 오래된 일기를 발견했다. 정확히는 아이패드를 처음 산 뒤 한동안 열심히 썼던 디지털 다이어리, 2021년 여름 무렵의 기록이었다.

시간이 지난 후, 일기를 다시 읽는 행위는 뜻밖의 발견을 선물하곤 한다. 2021년에 쓰인 디지털 다이어리의 내용은 어렴풋하게 기억났지만 디테일만큼은 선명하지 않았다.

우연히 실행한 굿노트 앱 속 잊고 있던 전자 일기. 약간의 기대와 불안을 동시에 품고선 'Diary'라는 파일명을 선택하고 스크롤을 내렸다.

화면 가득 보석 하트, 아트 페이퍼, 동물 사진 등 인터넷에서 주운 예쁜 이미지들이 겹겹이 붙어 있었다. 페이지마다 컨셉도 테마도 다르게 꾸며두었고, 뜻 모를 외국어 문장을 한 구석에 적어두기도 했다. 컨셉에 변주를 주겠다고 폰트를 문단마다 다르게 지정한 페이지도 있었다. 전체적으로 어떻게든 예쁘게 보이려고 노력한 흔적이 다분했다.

아이패드를 사기 전부터 다이어리에 스티커와 마스킹 테이프를 오려 붙이며 하루를 마무리하곤 했다. 물론 아이패드를 갖기 전까지 나의 다이어리는 종이로 된 노트였다.

심지어 아이패드로 일기를 쓰기 시작한 지 몇 주 만에 다시 문구와 종이의 세계로 돌아갔기는 하다. 질감도 향기도 감각할 수 없는 디지털 기기에는 나의 심상이 고스란히 녹아들지 못했기 때문이었다. 아이패드로 쓴 일기는 유독 써 내려놓고 보니 본심과는 미묘하게 어긋나는 경우가 많았다. 액정 필름에 애플 펜슬 촉이 미끄러지듯이. 연필이나 볼펜으로 종이에 글씨를 눌러쓸 때는 그런 느낌이 든 적이 거의 없었는데 말이다.

어쨌거나 굿노트에 일기를 쓸 당시의 나는 아이패드 다이어리만의 매력에 취해 있었다. 가장 큰 메리트는 재룟값이 안 든다는 것이었다. 엄밀히 말해, 다이어리의 재료에 목숨을 거는 '진짜'들에 비하면 나는 다꾸러[1]의 축에도 못 끼기는 한다. 집 앞의 다이소, 기껏해야 소품샵을 기웃거리면서 스티커 몇천 원어치를 신중히 고르는 나와 진짜 다꾸러들은 다르다. 선호하는 디자인 문구 브랜드가 따로 있다는 것부터가 나 같은 초짜와는 다르다. 그들은 페어나 마켓에 가서 지갑 속 먼지까지 털어 다이어리 꾸미기 용품을 사는 데 거리낌이 없다. 스티커나 마스킹 테이프뿐만이 아니

1 다이어리 꾸미기를 취미로 하는 사람들을 일컫는 말

다. 스티커를 깔끔하게 자르고 붙이기 위한 쪽가위와 핀셋, 마스킹 테이프 보관함, 원하는 이미지를 뽑아 쓸 수 있는 미니 스티커 프린트기, 6공 다이어리에 맞는 리필 속지와 속지에 구멍을 뚫을 펀칭기까지 구비한다.

돈뿐만 아니라 시간도 쏟아부어야 한다. 존잘[2] 들의 예시를 참고하고, 그것을 흡수해 나만의 다꾸 스타일을 만들고, 결과물을 찍은 사진을 SNS에 게시하는 것까지. 이 모든 것에 목숨을 거는 진짜배기들이 한둘이 아니다. 나는 거기서 가장 기초적인 단계까지만 좇는 초보일 뿐이다.

앞서 말했듯 요즘은 다시 종이 일기를 쓰고 있다. 아이패드로 일기 쓰기를 그만둔 것은 일기를 '쓰는' 게 아니라 '만든'다는 강박이 심해졌기 때문이다. 그것 또한 하나의 노동

2 '존나 잘하는 사람'의 줄임말. 특정 분야에서 뛰어난 사람을 떠받들 때 쓴다.

으로 느껴졌다. 2021년의 나는 무언가 의미 있는 것을 만들어내는 데 지쳐 있었다. 아이패드로 아기자기한 일기를 꾸며내는 일조차 나를 소진되게 했다.

2021년의 전자 일기는 페이지마다 꽃무늬 스티커와 곰돌이 이미지로 요란한데도 그 안에 쓰인 글자들은 전혀 다른 이야기를 하고 있었다. 딜레마, 무기력, 번아웃, 포기, 도움, 멘탈, 불안 같은 것들. 페이지 수를 세어보니 디지털 다이어리는 겨우 열 페이지 만에 끝이 나 있었다. 그 몇 안 되는 페이지에서 반복적으로 등장하는 단어들은 깜찍한 이미지들과는 달리 왜 그리 눅눅한지.

디지털 일기의 첫째 장 구석에는 초록색 형광펜으로 동그라미를 쳐놓은 문장이 있었다.

남들에게 도움 받기.

그러나 불과 어제만 해도 다른 사람에게 도움을 구하는 게 왜 이리 어려운지 모르겠다며 엄마에게 하소연을 했다.

나의 고민은 아이패드 일기를 썼던 무렵이나 지금이나 일 년 째 제자리인 건가 싶은 마음이 스치기는 했지만, 바꿔 말하면 일 년 째 하나의 목표에 정진하고 있는 것이기도 하겠거려니 싶었다. 나라는 사람은 여전하고, 앞으로도 여전하겠다 싶어 웃음이 나기도 했고. 그리고 내가 여전한 이상, 앞으로도 '남들에게 도움 받기'라는 문장을 새기고 살아야 할 것이었다. 이 사실을 까먹고 싶지 않아 이 글을 쓴 것이기도 하다.

아이패드 속 일기를 읽어내리는 내내, 회피 대신 직면을 선택하는 나 자신과 마주하기도 했다. 물론 걸음을 내딛는 것이 힘에 부치고, 맞는 길을 택한 건지 확신이 들지 않고, 나의 고통이 나만의 것이라서 괴롭다는 낙담 역시 함께였기는 해도 말이다.

일기란 나 자신만을 독자로 상정하고 쓰고 읽히는 글이

다. 망가지고 넘어져도 목격자는 오로지 나뿐이다. 때때로 그 유일한 독자에게마저 거짓을 꾸며내고 싶은 충동이 들기도 하지만, 앞서 말했듯 이제는 내 앞에 놓인 백지를 그럴듯하게 꾸며내기보다는 그곳에 나의 목소리를 어떻게 고스란히 담아낼지 궁리하는 데 집중하려고 한다.

내가 써둔 일기를 훔쳐보는 행위를 나는 앞으로도 멈추지 않으려고 한다. 나의 일기를 내가 훔쳐보는 것은 결국 나 자신에 대한 믿음을 다잡는 행위가 아닐까 싶다. 여전히 실패하고 무너지지만, 어쩌면 그러므로 매일매일 책망하고 반성하며 살지는 않아도 된다는, 나 자신이 편안해지기 위한 믿음. 내가 앞으로도, 어떤 모습으로든 새 아침을 맞이해줄 것이라는 작은 신뢰.

그 기록이 실물의 부피감을 지닌 종이 일기장이든, 이미지를 덧대고 덧댄 아이패드 다이어리든. 나로부터 튀어나온 일상적인 무너짐을 톺아보다 보면 어느새 여기까지 걸어온 나 자신과 맞닥뜨리게 된다. 나는 이런 식으로 과거의 나와 자주 대화하고 싶다.

에필로그

1 2024년 새해가 지났지만 다이어리는 구입하지 않았다. 2023년에 산 다이어리를 다 쓰지 못했다.

2 2023년에도 어김없이 일기장에 '남들에게 도움 받기'라는 문구를 쓰고 있는 나 자신을 발견했다. 그래도 해가 갈수록 도움 받기에 능숙해지고 있다.

우유와
우유

2022년 가을

몇 달 안에 책을 한 권 낼 것 같다. 그렇지만 세상에 저절로 태어나는 것은 없다. 책이라고 다르지 않다. ISBN[1] 하나를 얻기 위해서 거쳐야 하는 절차들을 생각하면 호흡이 달린다. 닥치면 어찌어찌해내긴 하겠지만 지금으로서는 '책을 하나 내고 싶다'는 생각만이 막연한 상태.

책을 내고 싶다는 생각이 떠오르니 그다음에는 '어떤 책

1 국제표준도서번호(International Standard Book Number, ISBN). 전 세계에서 생산되는 각종 도서에 부여하는 고유한 식별번호이다.

을 내야 하나?'라는 질문이 꼬리를 물었다. 나의 책이니만큼 어느 책보다 나의 마음에 쏙 들었으면 좋겠다. 이 세상 누구보다도 나 자신에게만 꼭 맞았으면 좋겠다.

그러나 그런 욕심은 대학교에 다닐 때부터 다스려왔다. 작가로서는 건전하지 않은 욕망이라는 생각에.

종이에 눌러 찍어 빛을 보게 만든 이상 누군가에게 읽혔을 때 유용해야 하지 않을까. 나를 위해서만 쓰였다면 그런 글은 일기로 족할 테니까. 유용한 글은 곧 비어 있는 글이다. 독자가 편안히 앉아 작가의 말을 고개 끄덕이며 들을 수 있는 자리 하나를 마련해 둔. 나는 자기만족에서 그치는 것이 아닌 책임감 있는 글을 쓰고 싶었다.

*

올해 여름에는 서울시 행운동의 서점 살롱드북에서 육호수 시인님의 프로그램에 참석했다. 육호수 시인님은 2021년 봄과 여름, 모임 플랫폼 넷플연가를 통해 영화를 감상하고 주제에 맞는 시를 읽고 쓰는 모임에 나갔었던 이후 오랜만에 뵙는 거였다.

그때 살롱드북에서 열렸던 프로그램의 이름은 <나의 시적 지향 찾기>였다. 세상에 이미 존재하는 결과물을 짜깁기해 "이게 내 취향이야"라고 간단히 말해버리는 대신, 내가 가야 할 방향이 무엇인지 인지하고 행동으로 옮기는 태도를 배운 시간이었다. 나도 취향보다는 지향을 꿈꾸며 나의 첫 책을 맞이하고 싶었다. 독자에게 읽혔을 때 비로소 진가를 발휘하는 책이었으면 좋겠다. 언제쯤 세상 밖에 나올지는 모르겠지만.

*

오늘은 저녁 산책을 하면서 유튜브 영상을 팟캐스트처럼 켜두고 들었다. 구 년 차 프리랜서인 봉현 작가님의 인터뷰 영상이었다. 서점을 돌아다니다가 작가님의 에세이 『단정한 반복이 나를 살릴 거야』의 책 표지를 보고, 그 제목이 마음 한구석에 박힌 적이 있다. 나의 글쓰기도 단정한 마음가짐으로 되풀이하다 보면 어느 날엔가는 완결된 무언가로서 눈앞에 나타나 줄 것임을 믿는다. 믿고, 쓰는 수밖에는 없다.

그래도 책 제목쯤은 정해두어야 소위 말하는 뽕(?)이 차오르지 않을까 싶었다. 그렇게 산책을 한 시간째 이어가다가, 내가 좋아하는 걷기 코스인 망포글빛공원의 갈대밭 사이를 돌면서 핸드폰으로 메모 파일을 켰다. 2016년 무렵부터 틈틈이 수집해 온 문장과 단어가 적혀 있는 메모 파일이었다. 글감이 필요한 순간, 그 파일을 참고하면 건더기라도 건질 수가 있다. (산문보다는 운문을 쓸 때 이 메모가 많은 도움이 된다. 순간적인 장면을 놓치지 않기 위해 남겨둔 기록들이 대부분이기 때문이다.) 그리고 파일의 중간쯤에서 '우유적 상상력'이라는 뜬금없는 단어를 발견한 건 그때였다.

그 단어는 2017년에서 2018년 무렵 쓰인 듯했다. 메모를 작성하면서 날짜를 병기하지는 않기 때문에 대충 짐작하는 것으로 시기를 알아차릴 수밖에 없었다.

한 달만 지나도 메모가 쓰였던 상황과 배경은 머릿속에서 날아간다. 그래서 잊지 않고 싶은 내용이 있다면 기억의 실마리가 될 수 있도록 단서나마 남겨두어야 한다. 그런데 그건 적어도 삼 년은 넘은 메모였던 데다가 달랑 우유적 상상력이라는 단어만 남겨져 있어 대체 대학교 저학년이던 내가 무슨 생각으로 그런 메모를 썼는지 이해가 안 됐다.

나에게서 답을 들을 수 없으니 '구글 신'에게라도 물어보면 될까 싶어 검색창에 우유적 상상력을 입력했다. 한 블로거가 고대 및 중세 철학에 관련한 책을 읽던 중 남긴 포스팅이 나왔다.

우유적이라는 단어 겁나 많이 나오네. milk적이라는 게 대체 뭥미?

다소 냉소적(?)으로 학문적 궁금증을 제기한 이 블로거가 조사해 둔 바에 따르면 우유성偶有性이라는 개념은 필연성必然性과 함께 쓰이는 것이라고 한다. 어떤 존재가 어떤 속성을 가지고 있을 때, 그것이 우연으로 그렇게 된 것인지 필연으로 그렇게 된 것인지를 분간하는 데 쓰이는 표현이라고. (참고로 이는 추억의 플랫폼 이글루스에 2009년 업로드된 게시글이었다.)

이 검색 결과를 읽고 나서, 나는 어쩐지 "개멋지다"라고 생각해 버렸던 것 같다. 그리고 우유적 상상력을 나의 첫 책 제목으로 삼아야겠다고 마음을 정했다. 다만 그 블로그에서 읽었던 우유적에 대한 뜻풀이와는 전혀 무관했다. 그런 장황한 뜻보다는 그냥 나는 원래 우유—그러니까 먹고 마시는 우유—를 좋아하기 때문이었다.

그런데 나는 정말 우유를 좋아한다. 우유적 상상력이라는 단어를 메모 파일에 적어두었던 때보다도 한참 어릴 적부터 나는 좋아하는 음식을 말해야 하는 순간마다 유제품을 외쳐왔다. 우유도 아니고 유제품. 유제품이라는 단어에는 우유로 만든 건 몽땅 다 내 입으로 들어가야 족하겠단 뜻이 내포되어 있었다. 참고로 이 글을 쓰고 있는 순간에도 오후에 만들어둔 무설탕 바스크 치즈 케이크가 냉장고 안에서 알맞은 온도로 식어가고 있다. (한 판 굽는 데 필라델피아 크림치즈 두 통과 동물성 생크림 반 통을 다 썼다.)

기왕 제목을 우유적 상상력으로 택한 김에 대놓고 '우유, 우유, 우유'거려보기로 했다. 그러기 위해선 우유에 대해서 지금보다는 해박해질 필요가 있었는데, 내가 우유를 잘 안다고 말할 수 있는 영역은 미각과 감촉, 그게 다였기 때문이다. 그런 생각이 스치자마자 메모 파일을 닫고 지역 도서관 앱을 바로 켰다. 『우유의 역사』라는 책을 발견했다. 무슨 책인지는 잘 모르겠지만 우유를 알아가는 데 무슨 도움이든 될 거라고 생각했다. 생각보다 인기가 많아 대출 가능 권 수가 하나도 없었다. 예약을 걸어둔 뒤 핸드폰 화면을 껐다.

이 글을 쓰는 동안 저녁 먹은 배가 좀 꺼졌으니, 이제 직접 구운 바스크 치즈 케이크를 맛보면서 하루를 마무리하려고 한다. 책이든 케이크든, 나는 나의 솜씨가 좋을 것을 믿는다. 비록 아직 꺼내 먹어보지는 않았을지라도.

에필로그

1 당시에는 『우유적 상상력』이라는 제목으로 책을 펴내려고 했다. 그런데 생각할수록 괜히 어려운 말로 뜬구름 잡는 것 같았다. 대신 지금의 제목을 선택했다.

2 2022년 가을에는 2023년쯤이면 책이 나와 있을 줄 알았다. 그렇지만 그 사이 나에게 벌어진 다양한 우연과 필연이 출간을 더디게 했다.

3 기다림 끝에 대여한 『우유의 역사』는 열 페이지도 읽지 않고 그대로 반납했다. 생각보다 진지하게 우유의 모든 것을 공부하고자 하는 사람들을 위해 쓰인 책이었기 때문에.

아껴 쓰고
고생하기

2022년 늦가을

뱅크샐러드[1] 앱의 푸시 알림은 매일 오후 여섯 시에 도착한다.

아껴 쓰느라 고생 많으셨어요
오늘 등록된 지출 내역을 확인해 보세요

나는 아껴 쓰지도, 고생하지도 않은 날에도 매일 이 알림

1 (주)뱅크샐러드의자산 관리 앱. 자동 가계부 기능이 있다.

을 받는다.

월말에도 알림은 어김없이 도착한다. 알림을 누르면 뱅크샐러드 앱의 가계부 페이지로 이동하는데, 매월 말일 무렵이면 설정해 둔 예산은 대부분 소진되어 있다. 차오를 대로 차오른 지출을 어떻게라도 줄여보기 위해 허리띠를 졸라매지만, 버클이 날아가거나 띠가 끊어지는 날도 존재하는 법이다.

*

오늘 충동 구매한 물건은 책 두 권이었다.

오늘 오전, 삼월책방 사장님에게 메시지를 보냈다.

—『나주에 대하여』 예약 부탁드립니다!

잠시 고민하다가, 몇 초 간격으로 한 건의 메시지를 더 전송했다.

—『생강빵과 진저브레드』도 입고 부탁드립니다!

오늘의 소비가 불가피할 수밖에 없었던 이유를 말하자면 다음과 같다.

『나주에 대하여』는 김화진 작가님의 첫 번째 소설집이다. 망포글빛공원으로 엄마와 가을 산책을 하러 갔다가 작가님의 단편 소설 「척출기」를 만나게 됐다.

공원 중앙에는 망포글빛도서관이라는 이름의 시립 도서관이 있다. 딱히 책을 빌리거나 읽을 생각이 없어도 공원에 방문하면 도서관까지도 들르는 것이 우리의 산책 코스가 되고는 했다.

도서관 1층 로비에는 정기간행물을 놓아두는 테이블이 있는데, 도서관에 들르면 그곳을 지나다니며 새로 나온 문예지들을 꼭 한 번 훑어보고 열람실로 올라가고는 한다.

그날도 나는 엄마가 화장실에 간 사이 혼자서 간행물 테이블을 둘러보고 있었다. 그러다 『계간 문학동네 112호 2022 가을호』에서 김화진 작가님의 이름을 발견했다. 「척출기」가 바로 그 계간지에 실려 있었다.

김화진 작가님은 민음사의 편집자로 더 알려진 분이었고, 최근 문화일보에서 소설 등단을 했다는 소식은 들었는데 작품을 읽어 본 적이 없어 아쉬운 참이었다. 그래서 그날 계간지를 갖고 자리에 앉아 「척출기」를 읽게 됐다.

「척출기」에는 몸에 붙어 있던 '무언가'를 도려내는 인물들이 나온다. 그로 인해 결코 이전으로 돌아갈 수는 없게 되었지만, 그로써 인생의 다음 단계로 넘어갈 수 있게 된 이야기가 담겨 있다. 읽어보니, 「척출기」는 '병을 앓는 젊은 여자'로서의 삶을 은은한 온색 조명이 비추는 듯 애틋한 시선으로 풀어낸 소설이다. 그렇기에 나는 언젠가 이 소설이

단행본으로 출판되면 반드시 소장하리라고 결심했다.

그러고 나서 얼마 후 출판사 인스타그램에 김화진 작가님의 『나주에 대하여』 출간 일정이 올라왔다. 그 안에는 「척출기」도 실려 있었다. 동시에 삼월책방의 계정에도 『나주에 대하여』 입고 소식이 게시됐다.

얼마 동안은 참아도 보았다. 그러나 며칠 뒤 독서 모임을 진행하기 위해 삼월책방에 갔다가 사장님이 매대에 반듯하게 진열한 실물을 보고 나니 더 이상은 참을 수 없게 되었다.

『생강빵과 진저브레드』도 『나주에 대하여』와 마찬가지로 나름의 단계적인 이유를 갖고 구매를 결심한 책이었다. 민음사에서 발행하는 문학잡지 『릿터』 38호에서 김지현 작가님의 글솜씨에 반했기 때문이었다.

38호의 주제는 '무해함'이었다. 릿터에 실린 김지현 작가님의 글 제목은 「여자들이 사랑하는 무해한 걸크러시」

였다. 한국의 여성 아이돌이 강요받는 '강력하지만 무해한' 이미지를 지시하는 동시에 아이돌이 아닐지라도 한국 여성이라면 일상에서 겪게 되는 모순된 요구에 질문을 던지는 글이었다. "여자 아이돌이 해롭지 않으면서 무해하지도 않기를 바라는 팬들의 모순된 소망은 여성이 사회에서 받는 이중적 기대치들을 고스란히 닮았다"라는 문장이 내 마음속 어딘가에도 자리하고 있던 불편함에 불을 붙였고 이 작가님의 책이라면 한 권쯤 읽어 보고 싶다는 생각까지 이르게 됐다.

그렇게 저서를 검색하던 중 눈에 띈 책이 바로 『생강빵과 진저브레드』였다. 책의 부제는 '소설과 음식 그리고 번역 이야기'로, 나무딸기 주스, 버터밀크, 차가운 멧도요 요리, 크리스마스 푸딩처럼 전 세계 소설 속에 등장하는 오묘한 음식들의 정체를 영미 문학 번역가이자 소설가인 김지현 작가님이 풀어내면서 번역의 고단함과 즐거움을 이야기하는 에세이였다. 게다가 『생강빵과 진저브레드』의 소개

글을 읽어보니 총 서른네 종류의 음식을 더더욱 또렷하게 상상할 수 있도록 귀여운 일러스트까지도 삽입되어 있다고 했다. 마침 삼월책방 사장님도 영문학을 공부하셨기도 하고, 얼마 전에는 사장님이 직접 진행했던 메리 올리버의 영시를 번역하는 모임에 다녀오기도 했다. 그러니 이 책을 삼월책방에 입고 요청하지 않는 것은 반칙 수준이었다.

*

얼마 전까지는 D의 추천으로 『파이어』라는 책을 읽고 있었다. 『파이어』에는 직장 생활과 퀀트 투자를 병행하며 사십 대에 은퇴를 달성하고 유튜버, 작가, 강사로 살고 있는 강환국이 말하는 파이어(Financial Independence and Retire Early, 경제적 자립 및 조기 은퇴) 달성의 비법과 그가 파이어족 스무 명을 만나며 인터뷰한 파이어의 사례들이 담겨 있다. 문학 도서 편식가인 내가 별안간 경제 도서에 입문한 건 D 때문이었다—입에는 쓰더라도 몸에는 좋다고 생각하며 D가 던져 주는 경제 지식을 깨작거리고 있는 요즘이다—.

『파이어』에서는 경제적 자유를 다음과 같이 정의한다.

> 내가 하고 싶은 일만 하는 것. 그리고 내가 만나고 싶은 사람만 만나는 것.

— 강환국, 『파이어』, 페이지2북스, 2022

위와 같은 정의를 읽고 나니 경제적 자유라는 것이 너무나도 탐스럽고 아름답게 느껴졌고, 그래서 쉽지는 않지만 경제와 친해지려고 노력하고 있다. 경제 분야의 독서는 다소 낯설기는 하지만 결국 이 또한 사람 사는 이야기라고 생각하면 훨씬 잘 읽힌다.

한 번은 D와 파이어를 달성하면 무엇을 제일 하고 싶은지 이야기한 적이 있다. 나는 책을 원 없이 사고 싶다고 말했다. 그러자 D가 큰 소리로 웃었다.

"많이 읽고 싶은 게 아니라?"

그렇다. 나는 책을 사고 또 사고 싶다. 동네서점에서 사고, 인터넷에서 사고, 대형서점에서 사고, 중고서점에서 사고 싶다. 그렇지만 파이어를 달성하기 전까지는 한 달에 너덧 권의 책만 사도 뱅크샐러드로부터 예산 초과 경고를 받겠지.

독서 정도면 가성비가 뛰어난 취미가 아닌가 생각한다. 새 책을 구입한다고 했을 때 한 권에 고작 만 원 남짓을 지불할 뿐인데 최소 두어 시간, 많게는 대여섯 시간 동안 즐길 수 있다.

그 밖에도 책을 통해 얻을 수 있는 지식, 정보, 공감, 감동은 아무리 책마다 편차가 클지라도 대개 만 원 값 이상은 한다. 물론 고삐 풀고 책을 사들이기 시작하면 나의 파이어는 멀어지겠지만.

최근 J님으로부터 선물 받아 읽은 『젊은 ADHD의 슬픔』에서는 독서의 기쁨을 이렇게 표현하고 있었다.

> 서로를 이해하지 못해도 이토록 황홀하다는 점에서, 독서는 보는 것만으로 멋진 세계였다.
>
> — 정지음, 『젊은 ADHD의 슬픔』, 민음사, 2021

이것만으로도 훌륭한데, 심지어는 '보는 것'에서 그치지 않을 수도 있다. 독서 모임에 나가면 된다. 모임에서 사람들과 책을 놓고 이야기를 주고받다 보면 어쩌면 평생 이해할 수 없을 타인의 속마음도 어렴풋이 알 것만 같고 이 세계에 나 혼자만 있는 건 아닌 것만 같고 여러모로 풍족한 마음으로 다시 독서하러 돌아갈 수 있다. 이것만 놓고 보아도 독서는 가성비 만 점의 취미이다.

그런데 내겐 취미가 책 읽기만 있는 것은 아니니까 예산이 자꾸만 오버되는 것이다.

일례로 최근 시작한 PT는 한 시간에 오만 원의 지출이 뒤따른다. 그렇다고 내가 PT를 받는 기간 동안 게임, 다꾸, 그림 그리기 등의 취미를 포기하는 것도, 가장 유구한 취미인 독서를 중단하는 것도 아니다 보니 뱅크샐러드의 알림 메시지 대로 '아껴 쓰고 고생하는' 사람이 되려면 지금보다는 절제가 필요하지 않을까 싶다.

그러나 시시각각 쏟아져나오는 개성 넘치고 반짝거리고

새 종이 냄새를 풍기는 책들을 보면 "독서만큼 가성비 있는 취미가 어딨다고 그래"하는 마음이 불쑥 튀어나오면서 저도 모르게 카드를 긁고 있는 나 자신을 발견하게 된다.

딜레마에 빠져 곰곰이 생각하다 보니, 오타쿠라는 족속은 원래 다 그런 것 같다. (내가 이런 말을 할 수 있는 건 일단 내가 그 족속에 확실히 해당하기 때문이다.)

매일같이 덕질을 끊어내고자 결심하는, 그러나 결국에는 눈 뜨고 카드값 베이고 마는, 그럼에도 지고지순한 사랑을 멈출 수 없는.

그러나 더 큰 덕질을 실현하기 위해 지금의 작은 덕질은 참을 줄 알아야 한다. '마시멜로 이야기'에서 마시멜로 하나를 참고 두 개를 얻어먹은 어린이처럼 다짐한다. 점잖은 오타쿠가 되자고. 어른스러운 오타쿠가 되자고.

그런데……. 점잖고 어른스러우면 이미 오타쿠라고 부

를 수 없는 거 아닌가? 본래 시도때도 없이 좋아하는 것에 대해 벅차오르고 흥분하고 마는 것이 오타쿠의 본성인데. (게다가 '마시멜로 이야기'에 대해 처음 알게 됐던 책, 『어린이를 위한 마시멜로 이야기』도 단지 표지가 예뻐서 엄마한테 사달라고 했던 책이었다. 이런…….)

에필로그

1 삼월책방의 마지막 영업일은 2023년 2월 19일이었다. 삼월책방이 떠난 신동 카페거리에는 좀처럼 가지 않게 되었다.

2 경제 공부는 손에서 놓지 않았다. 여전히 어렵지만.

출근 전에
뭐 하세요?

2022년 초가을

올해 7월 말, 삼 개월 동안의 인턴십이 끝났다. 두 달 하고도 이 주 남짓한 기간까지만 회사에 나갔고, 남은 두 주 동안에는 실질적인 근무를 하지 않았다. 회사 측에서 주위를 일찍 정리할 수 있도록 편의를 봐주었기 때문이었다. 덕분에 일을 적게 하고도 임금은 석 달치를 받았다.

내 마음은 입사 두 달이 된 무렵부터 붕 떴다. 어떻게 그런 나의 마음을 눈치챘냐면 회사 근처에 도착하고도 바로 사무실로 올라가지 않고 주위를 서성대고 있었기 때문이다. 출근을 미루는, 또는 미루고 싶었던 경험. 어디에선가

근무를 해본 적이 있다면 누구에겐들 없겠나.

이제는 이전 직장이 되어버린 스타트업 A사의 가장 큰 복지는 유연근무제였다. A사는 우리 집에서 교통이 가장 편리한 서울 지역, 신논현의 한복판에 있다. 대중교통으로 서울에 가는 데 한 시간 이십 분 밖에 걸리지 않다니. 이건 기적이다. 엄청난 메리트이기에 두 번은 말해야겠다. 이건 기적이다.

심지어 환승도 필요 없었다. 내가 이십 년째 살고 있는 이 동네에 딱 한 대 오가는 광역버스만 이용하면 되었다. 덧붙이자면 나는 서울로 대학교에 다니는 내내 본가에서 통학했는데, 대학교를 갈 때는 그 광역버스에서 내려서 두 개의 버스를 더 거쳐야 학교에 다다를 수 있었다. (코로나로 일 년 반은 재택 강의를 들었기에 그나마 졸업 때까지 버틸 수 있었다.) 그럼에도 서울 또는 서울 근교의 경기도에 거주하는 직장 동료들은—그들은 서울 내 어느 번화가를 가든 최대 이동 거리가 채 한 시간을 넘기가 힘들 것이므로– 그들의 눈에는 그저 출퇴근으로 고통받는 수원시민일 뿐인 나를 측은해했다.

회사의 위치도 위치였는데, 앞서 말했다시피 A사는 오전 열한 시부터 오후 다섯 시 삼십 분까지 최소 근무 시간만 지키면 나머지 출퇴근 시간은 자율적으로 정할 수 있는 곳이었다. 미리 보고할 필요도 없고, 눈치를 주는 사람도 없다. (물론 이는 나처럼 어떻게든 쉬는 시간을 확보하려는 인턴의 편의를 위해서가 아니라 업무 시간을 자율적으로 조정해 직원들의 최대한의 업무 성과를 끌어올릴 목적으로 제공된 복지였겠지만.) 숨통이 트여도 제대로 트일 수밖에 없었다.

그래서 나는 인턴 기간 내내 적극적으로 이 유연근무제를 이용했다. 퇴근이 빨라지는 것도 물론 짜릿했지만 출근 피크 시간대를 피하는 데 아주 그만이었다. 오후 아홉 시 무렵 비교적 한적한 버스에 올라타면 오전 열 시가 조금 넘은 시간 사무실에 도착할 수 있었다. 컴퓨터 전원을 켜고, 프로그램을 실행하고, 음료와 간식을 챙기고, 동료들과 인사를 나누며 매일 오전 열한 시에 있는 데일리 스크럼[1] 이전까지 업무 환경을 준비했다.

하지만 이렇게 준비까지는 호기로웠을지라도 근무는 다른 문제였다. 근무 시간 동안의 내 모습을 설명하자면 개발자, 디자이너, 마케터로 북적이는 환승역 지하철 입구에서 길 막고 서 있다가 치이고 치여 플랫폼으로 나가떨어지는 어리바리 승객이라고나 할까…….

분명 최선을 다하긴 했는데, 정신을 차린다고 차렸는데, 만사가 생각처럼 안 풀렸다. 여기가 어디인지도, 어디로 가야 할지도 전혀 몰랐다. 그 공간에서 오직 나만이 뜬금없는 존재라는 느낌.

1　스타트업에서는 일일 업무 회의를 이렇게 부른다.

그런데 첫 출근으로부터 두 달 정도 지났을 무렵부터 나는 데일리 스크럼 시작 오 분 전, 즉 열 시 오십오 분에 사무실에 얼굴을 비추기 시작했다. 사실 신논현역에는 여전히 오전 열 시쯤 도착하고 있었다. 그러나 사무실로 바로 직행하지 않고, 조금 별난 선택을 했다.

그 시간에 누구를 만나거나 대단한 활동에 참석한 건 아니었다. 나는 단지 혼자서 아주 작은 일을 하거나, 때로는 아무 일도 하지 않으며 시간을 보냈다. 그러다가 열한 시 직전에 사무실로 향하는 엘리베이터에 올랐다. 오전 시간을 혼자만의 시간으로 쓰기 시작한 후로 이전처럼 촘촘하게 업무를 준비하지는 못했지만 마음이 무겁지도 업무에 지장이 생기지도 않았다. 그때는 나의 인턴십 종료가 이미 정해졌기 때문이었다.

그때는 여름의 초입이기도 했다. 길가를 조금만 걸어도 땀이 배어나고, 머리카락에 곱슬기가 어리고, 불어오는 바람에는 시원한 구석이 없는. 가로수의 이파리는 햇빛과 빗물을 먹고 널따랗게 자라났지만 그늘 밑이라고 해서 더위가 쉽게 가시지는 않았다.

회사 건물 1층의 프랜차이즈 카페에서는 아예 수박 몇 통을 꺼내놓고 썰어가며 팀 단위로 들이닥치는 회사원들에게 수박 주스를 팔았다. 카페는 폭염이 심할수록 창성했다. 아르바이트생의 얼굴은 자주 바뀌었다.

그 카페의 아르바이트생들처럼, 나를 제외한 수많은 사람이 땀 흘리며 일하고 있는 걸 목격했던 계절이기도 하다. 그런 와중에 나는 업무에 들이는 노력의 총량을 110퍼센트에서 80퍼센트까지 끌어 낮추는 선택을 했다. 그렇지만 그런 나라고 해서 그 여름이 무덥지 않은 것은 아니었다.

출근 전 오전 시간에는 이런 곳들을 허정거렸다. 오픈 직후의 교보문고 신논현점, 노보텔 호텔을 오른편에 두고 걸었던 언주역 방향의 언덕길. 농협은행에서 은행 업무를 보거나, 오래된 종합상가 지하의 내과에서 장염을 치료하거나, 지하철역 약국에서 상비약을 사기도 했다.

지금부터는 그중에서도 가장 꾸준히, 오랫동안, 사랑하는 마음으로 드나들었던 장소를 소개하려고 한다.

우리 동네에서 서울로 갈 때 이용할 수 있는 대중교통은 딱 두 가지뿐이다. 분당선 지하철, 그리고 앞서 말했던 그 광역버스. 광역버스의 번호는 1550-1번인데, 수원시 망포동의 시민들의 소중한 다리가 되어주고 있는데도 오산시 버스로 분류돼 있다. (알아보니 1550-1번 버스는 수원시뿐만 아니라 용인시, 화성시, 오산시를 모두 경유한다고 한다. 수년 동안 이용해 온 수원시민 입장에서는 마냥 '우리 버스' 같았지만 실은 '느그 버스'였던 것이다.)

그런 1550-1번 광역버스가 고속도로를 통과하여 서울에 진입한 후 정차하는 정류장[2]의 순서는 이러하다. KCC

2 2022년 10월 당시의 정류장 순서로, 이후 변동되었을 수 있다.

사옥, 신논현역 영신빌딩, 신분당선 강남역, 뱅뱅사거리, 양재역, 양재시민의숲. A사로 출근하는 가장 빠른 방법은 신논현역 영신빌딩 정류장에서 하차한 다음 신논현역 출구로 내려가 지하도로 이동하여 지하철역 3번 출구와 이어진 엘리베이터를 타는 것이다.

입사 초기에는 일 분이라도 아껴서 업무에 매진하기 위해 신논현역 영신빌딩에서 내렸다. 그러나 시간이 지날수록 서울 진입 후 첫 번째 정류장인 KCC사옥에 내리는 일이 잦았다.

그날도 여느 때처럼 다른 직장인들과 함께 길을 오르고 있었다. KCC사옥에서 A사가 있는 건물까지 이어진 길목에는 오래된 호프집이나 식당이 많다. 오전 시간에는 그마저도 대부분 문이 닫혀 있어 삭막한 분위기를 자아냈다. 그런 상가 건물 사이로 안 보이던 주황색 간판이 눈에 띄었다. 낡은 상가 1층에 카페가 새로 생겨 있던 것이었다. 중앙에는 H로 시작하는 가게 이름이 세리프체로 적혀 있었다. 버킨 백으로 유명한 명품 브랜드를 떠올리게 했다.

H 카페가 생긴 뒤 처음 며칠 동안은 들를 생각을 못 했다. 그 시점에 회사 탕비실에 커피 머신이 설치되었고, 샷이 진하고 고소한 것이 입맛에 맞았기 때문이었다. 굳이 외부 카페에서 내 돈을 써가면서 커피를 사 마실 이유가 없었다. 그러나 결국 첫 방문은 얼마 지나지 않아 성사되었다. 우유가 가득 따라진 유리잔에 물결 모양으로 흘러내리는 에스프레소 샷이 그려진 카페의 입간판이 무거운 눈꺼풀을 껌벅거리며 출근길을 기어오르던 나를 불러세웠기 때문이었다.

진한 색깔의 목재 가구로 채워진 매장 내부에는 조명이 호젓하게 밝혀져 있었다. 들어서자마자 만지작거려 본 책상과 의자는 덜걱거리거나 어긋나는 데 없이 견고했다. 입구를 마주 보는 곳에 마찬가지로 나무로 된 카운터가, 그 뒤에는 사장님이 서 있었다. 사장님은 원두 그라인더와 반자동 커피머신에 가려 모습이 잘 보이지는 않았다. 잠깐 둘러보는 것만으로도 회사 건물을 바로 앞에 두고 숨어들기에 더할 나위 없이 알맞은 장소, 나를 위한 암굴巖窟처럼 느껴졌다.

키오스크에는 유제품 애호가인 나에게 반가운 메뉴들이 보였다. 보통 우유가 첨가된 커피 메뉴는 카페 라테에 그치는 경우가 많은데, H 카페에는 아몬드 밀크를 넣은 아몬드 라테, 라테보다 진하게 커피를 즐길 수 있는 플랫 화이트, 흔하게 찾아보기 어려운 코코넛 라테까지 준비돼 있었다. (내가 '유제품'을 좋아한다고 말할 때는 식물성 우유까지도 포함된다. 고소하고 묵직하고 하야말간 색을 띠며 먹는 사람을 기분 좋게 만드는 것이라면 좋아한다.) 그렇게 나는 H 카페를 방문하는 내내 유제품 커피 메뉴들을 하나씩 해치워나갔다.

앞서 말한 메뉴 중 하나를 시켜 놓고 자리에 앉으면 나의 출근 미루기가 시작되었다. 가장 많이 했던 일은 단연 책을 보는 것이었다.

장마철이었기에 아침부터 비가 쏟아지는 일이 잦았다. 그러면 나는 카페 차양으로 빗방울이 떨어지는 소리를 들으면서 어두침침한 나무 가구 사이에 묻혀 남들이 쓴 좋은 글을 읽으며 질투하고 감동했다.

대학교를 다닐 때 썼던 소설이나 시를 다시 꺼내보며 함께 글을 썼던 친구들을 그리워하는 일도 있었다. 그리고 그 감정을 원동력 삼아 이따금씩은 새로운 글을 썼다. 블로그 포스팅을 남기고, 손글씨로 일기를 쓰고, 나중에 내 책을 내면 싣고 싶다는 생각으로 글감을 끼적거리기도 했다. IT 스타트업에서 지급받은 맥북 프로로 문학을 쓰고 앉아 있으니 부조리극의 한 장면 같기도 해 웃음이 났다.

보통 회사들의 출근 시간과 점심 시간 사이, 애매하기 짝이 없는 오전 열 시 무렵에는 아무리 신논현이라고 해도 이렇게까지 카페에 손님이 없을 수 있다는 것도 그때 알았다. 덕분에 혼자서 카페를 전세 내고 앉아, 퇴사가 확정된 회사의 출근을 미룰 대로 미루며 잃었던 건강을 회복해 나갈 수 있었다.

이때 내가 말하는 건강은 마음의 건강이다. 그 여름, 정신을 차리고 보니 나는 허물어져 있었는데 아무도 나를 괴롭힌 적은 없었다. 그래서 따져 물을 곳도 없었다.

직장이라는 곳으로 첫발을 내디딘 해였다. 어딘가에서 필요치 않은 존재가 되는 경험 역시 처음이었다. 그때야 그 전까지 내가 세상으로부터 굉장한 배려를 받고 있었다는 것을 자각했다. 과장되었던 자의식이 비로소 적절한 몸집을 되찾은 듯했다. 세상이라는 곳의 매운맛에 내가 새삼스럽고도 유난스럽게 당황할 수밖에 없던 것은 대학교에 다니던 때까지도 가벼운 추락쯤은 받아줄 완충재가 있는, 대단히 운 좋은 삶을 살았기 때문이었구나. (내가 그동안 누렸던 삶의 안전과 안정은 구 할 이상 엄마라는 존재 덕분이었다는 것 또한 깨달았다.)

그러니까 그 여름 내가 겪은 감정은 이 세상에 섞여 살기 위해서라면 언젠가는 삼켰어야 할, 칼칼한 국물로 내장을 덥히려면 한두 조각 딸려 오는 것쯤은 감수해야 하는 다진 청양고추 같은 거였다. 그렇지만 마음의 일부가 부서진 것도 사실이기는 했다. H 카페에 앉아 활자의 세계에 다녀온 덕에 그로 인해 생긴 균열을 돌볼 수 있었다.

그런 식으로 나를 글 속에 파묻지 않았더라면 자력으로 온전한 형태를 유지할 수 없었을지 모른다. 문학 덕분에 세상에는 다양한 삶의 형태가 있다는 것을 배웠음에도 다른 데 한눈팔려 그 사실을 잠시 잊고 있었고, 그런 나에게 H 카페에서의 시간은 복습의 기회를 주었다.

취업 준비를 처음으로 시작했을 때 나에게 가장 필요했던 것은 소속감이었다. 아무도 나를 따돌린 적은 없었는데

자연히 혼자가 되어 갔던 시기였다. "아무도 나를 안 끼워줘." 어느 날엔가는 D의 앞에 힘 빠진 얼굴로 앉아 중얼거린 적도 있었다. 그런 시기, 나는 나에게 오전 시간의 미니 데이트를 신청했다. 출근 오십 분 전, 회사 근처에서 떠돌았던 시간은 나를 잠시나마 떠나 있었던 문학의 세계로 다시 불러들였다. 이렇게 또 한 번 나를 살리니, 내가 어떻게 읽고 쓰기를 멈출 수가 있을까.

에필로그

1 2023년 12월 28일에는 일 년 반 만에 H 카페를 다시 들르게 되었다. 그때와는 다른 회사로 출근하던 길이었다. 대중교통 문제로 평소 이용하던 지하철 1호선 대신 어쩔 수 없이 1550-1번 광역버스를 타게 됐다. 아무 생각 없이 KCC 정류장에 내려 길을 오르다가 H 카페를 발견하고는 홀린 듯 매장으로 들어가 버렸고, 앉아 마실 시간까지는 되지 않아 플랫 화이트 한 잔을 포장해 나왔다. 하필 2022년 가을 무렵과 비슷한 고민으로 앓고 있던 때 다시 H 카페를 만나다니. H 카페에는 나를 끌어당기는 힘이라도 있는 건가.

2 최근 일하는 여성들의 커뮤니티 뉴그라운드에 함께하며 배운 바가 있다. 회사에서 노력의 총량은 70퍼센트만 써야 한다는 것. 회사의 믿음에 보답(?)하려면 적어도 110퍼센트, 아무리 못해도 105퍼센트는 해내야 한다고 생각하던 나에게 큰 충격이었다. 하지만 그 뒤로 두 곳의 회사를 더 거치며 얻은 깨달음에 의하면 내일의 할 일을 기약할 수 있을 만한 상태가 되려면 70퍼센트가 딱 알맞다는 데 적극 공감하게 됐다. 하루하루를 불사르는 게 곧 '일 잘함'을 의미하는 것은 결코 아니니까.

3부 시

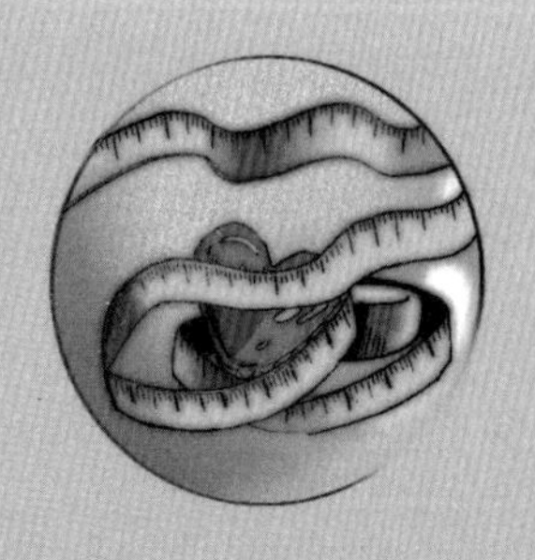

다한증 곰인형

1

애착 인형, 무엇이든 돌봅니다
나는 테디베어입니다 당신 딸의 둘도 없는

엄마, 당신은 우산 다섯 개를 챙겨 여행 갔습니다
구연산 세제를 네 펌프 짭니다
세라믹 밥공기에 뱃가죽을 문지르고
상아색 싱크대를 팔꿈치로 훔칩니다

구정물 먹은 몸에
망고씨버터 올리브오일 리날롤
당신의 바디버터 꺼내어 바릅니다

그러니까 매년 생일 이런 걸 선물 받았단 거군요?

칸데릴라왁스 호호바오일

폴리에스터 가짜 털 구석구석

보기 나쁘게 엉킵니다

2

당신이 끓여 놓고 간 푸른 카레

냄비 한가득 설익은 콜리플라워

모서리를 도려내어 뭉개지지 않은

당근과 감자의 교배종

국물은 당신의 결심 앓는 희망처럼 걸쭉해요 걸걸해요

하루 일과 끝마치고 테디베어,

배꼽 주변 문지릅니다
당신의 딸은 목소리를 녹음하지 않았어요

보푸라기를 줍고 난 뒤
거실 복판에 드러누워
보일러가 든든할지 궁금합니다
삿포로에도 레이캬비크에도 페어뱅크스에도

나는 누워만 있는데도
무겁습니다 등이 따숩습니다
한 마리 배부른 곰입니다 오지 않아도 괜찮습니다

마들렌과 무설탕 진단서

데자와, 휴가를 가려고요

행선지 천안

보호자 대리 처방을 부탁합니다

나는 당신

의심치 않아

선물과 편지 부칠게요 반드시

서랍 속 연노란, 나의 심심한,

어리둥절한 마들렌에게서

풍미를 찾지는 말기로

종합병원에서 무슨 말을 듣든
처방전을 고쳐 쓰지 말기로

그것은 볼펜 쥐고 처음 완성한 글
진단은 있고
병명은 없는

호두과자에
호두만 남겨주세요

데자와, 간호사가 마들렌을 부를 거예요

수납처 대기실의 정수리들을
밀빛으로 밀어버리고 싶긴 해도요

나는 이만 플랫폼에서
텃밭 잃은 까마귀를 통해 연서 띄웁니다

우편함에는 레몬 향이 퀴퀴하길

나풀거리는 소맷자락에
손끝 발끝이
움트길 얼어붙지 말길

스위트 다이어리

메모

하순부터 어려워짐 알고 보니 PMS

배란기 때는 어땠지

끝났는데 호전 없음

쉬움 없음 부종 있음

분노와 알콜, 얽히고설킴

나도 앎

처방 및 복용

30mg, 750mg, 1000mg

50/1000mg, 30mg

한 번 더, 50/1000mg, 30mg

요인

미상

실험 기록

2022년 2월 20일 실패

2022년 2월 21일 실패

2022년 2월 22일 실패

2022년 2월 23일 성공?

2022년 2월 24일 성공

2022년 2월 25일 어려운 성공

2022년 2월 26일 실패

2022년 2월 27일 실패

2022년 2월 28일 실패

나는 처방을 늘려야 해, 복용을 늘려야 해
삶을 늘려야 해? 삶을 늘리려면 어떻게 해야 해?
모든 것을 메모해야 해 메모를 안 하면 어떻게 돼

스위트, 기꺼이 넘어질 수 있어
가능하다면, 우리는
만날 때마다 오랜만이고 싶어
끝을 알고 있어, 스위트

부추 호수 카페

사 면이 유리 벽인
삼 평짜리 카페 열고 나서
토사에 잠겨 죽어가는
호숫가 유령에게
부추라는 이름을 지어줬어요

여기는 레이크 뷰니까
쿠폰에 도장을 찍어드려야죠
다음에 또 오지는 않을 텐데?
당신 말끝이 산뜻해도
그래도 쿠폰은 드리고 싶어요

도장 열 개 모으면

부추 꽃다발을 엮어 드려요

저 말고, 이쪽의 파리한 청년이

알싸하고 예뻐서요

그런 걸 잘해요

여기서는 겨울도 없고 해충도 없이

호수 너머에서 탐조하고 돌아오는 아저씨들을 받아요

아저씨들만 와요

파리한 청년은 사과계피차를 권할게요

청둥오리 가족은 바다로 갔나요

밤새 한 방울씩

추출되어 온 꿈

안 되겠어
우리 화장실에 도어락 달자

윤슬에 부딪혀 죽는
손님들도 있을 테니 우리 그러기로 하자

파리한 청년은 오늘도 엎지르고 닦기만 해요
내가 턱 괴고 지시하는 일들을
부추는 듣고 있으려나

우적우적 우정

가자, 바야흐로 대회야

교내 1등 올해도 영어연극부의 차지야

히로인의 어색한 한국말 나를 파괴하기 모자람이 없던

어이 소품을 챙겨와 마법소녀

우리에겐 유통기한을 모르던 시절도 있었지

마지막으로 잡아보았던 요술봉

그거야말로 소품이 되어야지

아 알겠어 히로인

이제 알겠어 히로인

핑크빛 플라스틱 하트

마법 주문을 녹음해 두던

그야말로 소품일 뿐인

우아한 기계를 패딩으로 품고

성탄절, 산등성이 등굣길을 왕복해

덩어리진 우유를 씹으며 히로인의 대사를 따라 해

천한 것, 어떻게 찾아낸 거지?

천한 것, 어떻게 발각된 거지?

나는 완구를 통해서만 사랑을 만질 수 있는 자

무조건 소녀보다 어려지고 싶어

히로인 나도

피날레엔 꼭 한 번

쓰러져도 보고 싶어

내년에도 졸업반이겠지만

J는 나의 선생님
나는 J의 유급생

학교 뒷동산
감귤나무 아래
우리 둘만 소풍한다

송곳을 치켜들었다고 다 문제아는 아니겠지만
그날 이후로 J의 손끝은 흑갈색

“목젖 너머에서
테마파크가 개장했어”

J는 섣불리 선생님이 되어
공중제비를 돌았고
나는 J의 산발 머리를
빗어 내려줬을 뿐 까딱까딱 웃었을 뿐
축하 파티는 차마 못 해줬을 뿐

선생님이 되기 전
J와 나는 제일가는 돼지치기였는데
그때만 해도 우리는 동갑이었고

"품종이 되어서도 웃을 수 있을까?"
우리는 코끝으로 속닥대며
보석도 겉옷도 없이
담벼락 따라 걸어 다녔고

J는 이제 나의 선생님

교장이 암기 또 암기하라고 일렀던
우리 학교 교목, 감귤나무
그러나 J는 조생귤도 만생귤도 분간 못 하는
새내기 선생님

낙하한 과실을 굽어보며
껍질 대신 멱을 따는

나는 J의 유급생
선단공포증도 이제는 없는
우리가 달라졌음을 이해하는
송곳이 없어 졸업식에 못 가는

여전히 인조잔디의, 급수대의, 리코더의 숨을 죽이는 데 실패하는
저 선생님, J의

마지막 순애

유일한 동창

졸업식

삼 년 전에 심고 가꾼 밭이랑을 파헤치니

모르는 사람들이 부풀려 놓은 축구공

차서 넘기고 차서 넘기고

잃어버리기 전에 잃어버렸다고 생각하기

평년보다 온난한 겨울

언제나 먼저 빛바라는 붉은 글씨

”

히로인 나도
피날레엔 꼭 한 번
쓰러져도
보고 싶어

「우적우적 우정」 중에서

맺으며

완독에 감사드립니다.

덕분에 저는 무사히 리리카와 재회할 수 있었습니다.

리리카는 제가 세상살이에 진이 빠질 때마다 되뇌는 이름이기도 합니다. 그 이름을 담아 책 제목부터 짓고 나니, 이 글들을 세상 바깥으로 내보낼 자신감이 붙게 되더군요.

이 책을 통해서는 여러분들이 저마다의 리리카를 직면하는 데 미미한 보탬이 되고 싶었습니다. 격려해 준 모든 분들에게 감사드립니다.

우리 아니면 누가 우리 글을 읽어주겠냐는 농담 반 진담 반으로 세상 어디에도 없을 우정을 꾸려 간 나의 친구들. 아직 쓰고 있든 쓰기를 멈추었든 어떤 자리에 있든 응원하고 싶습니다.

책방에서 만난 인연들, 특히 저의 필사 모임을 몇 년이나 함께하며 독서의 즐거움을 나누어 주신 분들이 이 글을 읽고 계시다면, 비록 모임은 중단되었지만 그 시간과 공간을 일상 속에서 문득문득 떠올리고 그리워하고 있음을 알아 주시기를 바랍니다.

영원할 단짝 D. 내 안에는 D에 대한 어떤 불안도 의심도 없습니다. 나란히 누워 흥얼거리는 콧노래처럼. 아무도 바라보지 않는 야밤에도 함박눈은 내리듯이. 거짓말 없이. 앞으로도 D의 밤낮을 지키는 사람이 되고자 노력하는 요즘입니다.

어릴 때부터 자랑할 것이 생기면 한달음에 달려갈 수 있도록 반겨 주신 당신에게도 큰 감사를 보냅니다. 해야 하는 일 대신

하고 싶은 일로 가득한 매일 보내시기를 바라지만, 무엇보다 혼자 울지 않으셨으면 좋겠습니다.

선생님들에게도, 가족들에게도, 친구들에게도 고맙습니다. 항상 지지해 주는 것 알고 있습니다. 일일이 살가운 안부 묻지 못하는 통나무 같은 사람이라서 늘 죄송합니다.

나의 첫 번째 사랑, 엄마. 십 리 밖에서도 엄마의 딸인 것을 들켜 버릴 만큼 닮은 우리지만, 다른 점은 또 너무나 달라서, 그래서 싫증도 변덕도 없이 오래오래 절친할 수 있는 것인가 싶습니다. 딸이 원인 모를 것으로 아파할 때마다 따뜻한 것을 먹이고, 낮잠을 권하고, 손 붙잡아 주어서 고맙습니다.

한 선생님으로부터 글을 배우며 '그런 것은 일기에나 써야 한다'라고 혼난 적도 있었습니다. 좋은 학생이 되고 싶어, 그때부터는 '일기에나 쓸 법한 글'이 속에서 자라날 때면 저는 정직하게 일기장을 펼쳤습니다. 글을 함부로 흩뿌리지 않고자 긴장했습니다.

돌이켜보면 그때 그 선생님께 눈물이 빠질 만큼 혼이 나길 다행이었다고 생각합니다. 그때의 가르침이 없었다면 기껏해야 스스로 뻐기고 으스대기 위해 글을 쓰고 있을지 모른다는 예감이 듭니다. 창밖에서 사람들이 울든, 앓든, 죽든 상관 않고서요.

그래서 앞으로 제가 쓰고 싶지 않은 글이 있다면 청동기 시대 제사장의 거울 같은 글이라고 할 수 있겠습니다. 권위를 드높이는 것이 유일한 쓰임새일 뿐인 장식품이 되어 유리장에 갇힌 신세가 되지는 않을 것이라고 다짐합니다. 말하기 전에 생각하고, 생각하기 전에 읽겠습니다.

다시 한번 감사드립니다.

여러분의 여정에 리리카의 불꽃이 함께하길.

Special Thanks to.

김버터 작가님의 그림이 있어 리리카라는 미지의 존재가 독자분들에게 본연의 모습으로 다가갈 수 있었습니다. 아름다운 작업물과 따뜻한 응원에 진심으로 감사드립니다.

▪ 작업 문의는 아래 연락처로 부탁 드립니다.

인스타그램 k.i.m.b.u.t.t.e.r 이메일 boozer_@naver.com

1 잘못된 책은 바꿔 드립니다.

2 글꼴로 부크크 고딕, 부크크 명조, 프리텐다드,
OG 르네상스 비밀, 예스 명조, 나눔명조 옛한글,
마루 부리, 본고딕을 사용하였습니다.

리리카 되기

1판 1쇄 2024년 2월 29일

지은이 황수이
이메일 eunmee910@gmail.com
인스타그램 @xsooeex
(재미있는 제안을 환영합니다.)

편집 김은미
표지 김버터

펴낸곳 인디펍
펴낸이 민승원
이메일 cs@indiepub.kr
대표전화 070-8848-8004
팩스 0303-3444-7982
출판등록 2019년 01월 28일 제2019-8호

ISBN 979-11-6756494-8 (03810)
정가 13,500원

리리카 되기